Le crâne qui crânait

Le crâne qui crânait
La momie qui chuchotait
L'ombre qui éclairait tout
Le démon qui dansait la gigue
Le requin qui resquillait
Une araignée appelée à régner
Le journal qui s'effeuillait
Le Drakkar hagard
L'épouvantable épouvantail
L'éditeur qui méditait
La saisie des sosies
Le Chinois qui verdissait
Les douze pendules de Théodule
Le chat qui clignait de l'œil
Le tableau se met à table
La baleine emballée
L'aveugle qui en mettait plein la vue
L'épée qui se tirait
Au rendez-vous des revenants
Les caisses à la casse
La mine qui ne payait pas de mine
Le testament énigmatique
Le miroir qui glaçait
Le flibustier pirate
Le lion qui claquait des dents
Envolée, la volaille !

Alfred Hitchcock

Le crâne qui crânait

Traduit de l'américain
par Claude Voilier

HACHETTE
Jeunesse

L'édition originale de ce roman,
rédigé avec la collaboration
de William Arden et de Robert Arthur,
a paru en langue anglaise
chez Random House, New York,
sous le titre :
THE MYSTERY OF THE LAUGHING SHADOW

Hachette, 79, boulevard Saint-Germain, Paris VIe

QUELQUES MOTS D'ALFRED HITCHCOCK

Salut, amateurs de mystères! Nous voici de nouveau réunis pour suivre une nouvelle enquête des Trois jeunes détectives qui se proclament eux-mêmes « enquêteurs en tout genre » et qu'aucun problème ne saurait rebuter. Aujourd'hui, avec l'étrange cas du « crâne parlant », les voilà lancés dans une aventure d'un genre très, très particulier.

S'ils avaient pu prévoir les dangers qui les guettaient, auraient-ils reculé au départ? Ce n'est pas certain. Toujours est-il que nos trois hardis détectives vont se trouver confrontés à maintes énigmes et à maints périls qui, de rebondissement en rebondissement, les conduiront à... mais j'allais vous en dire trop long. Quel bavard je suis! Je m'étais promis de tenir ma langue et j'ai bien failli manquer à ma promesse!

Je dois cependant ajouter que les Trois jeunes détectives sont Hannibal Jones, Peter Crentch et Bob Andy. Tous trois habitent Rocky, petite ville de Californie, au bord du Pacifique, à quelques kilomètres de Hollywood. Leur quartier général est une vieille caravane dissimulée parmi les objets de rebut qui encombrent la cour du Paradis de la Brocante, *vaste bric-à-brac appartenant à Titus et Mathilda Jones, oncle et tante d'Hannibal.*

Les trois garçons forment une excellente équipe. Hannibal a l'esprit vif et le flair d'un véritable détective. Peter, moins subtil mais de stature athlétique, le seconde parfaitement. Quant à Bob, zélé et studieux, c'est un enquêteur remarquable. Cet intéressant trio a déjà élucidé plusieurs « mystères » très obscurs.

Je n'en dirai pas davantage. Je sais trop bien que vous êtes impatients d'entamer les nouvelles aventures de nos jeunes héros.

ALFRED HITCHCOCK

Chapitre 1

La malle mystérieuse

Tout commença par un entrefilet du journal que parcourait Hannibal Jones.

Les Trois jeunes détectives — Hannibal, Peter Crentch et Bob Andy — se trouvaient dans l'atelier qu'Hannibal s'était aménagé dans un coin du *Paradis de la Brocante*, le bric-à-brac des Jones. Bob recopiait quelques notes relatives au dernier mystère qu'ils avaient éclairci. Peter se contentait de jouir du brillant soleil californien. Et Hannibal lisait le journal.

Soudain, il leva la tête.

« L'un de vous a-t-il jamais assisté à une vente aux enchères ? » demanda-t-il à ses camarades.

Bob répondit non. Peter secoua la tête.

« Moi non plus, avoua Hannibal. Si j'en crois ce journal, une vente publique doit avoir lieu ce matin même à Hollywood, salle Davis. On mettra aux enchères des bagages non réclamés provenant de différents hôtels. La plupart de ces malles et de ces valises étant fermées à clé, on en ignore le contenu. Elles ont été laissées par des voyageurs qui sont partis sans crier gare ou qui ne pouvaient payer leur note. Il me semble qu'il pourrait être intéressant d'assister à cette vente.

— Pourquoi? interrogea Peter. Je n'ai aucune envie d'acquérir une malle pleine de vieux habits inutiles!

— Je suis de l'avis de Peter, déclara Bob. Allons plutôt nager!

— Cette vente sera pour nous une nouvelle expérience, insista Hannibal. Et toute expérience nouvelle est profitable à de jeunes détectives comme nous. Je vais voir si oncle Titus veut bien permettre à Hans de nous conduire à Hollywood en estafette. »

Hans, l'un des deux frères bavarois employés comme aides par Titus Jones, était disponible. Ainsi, une heure plus tard, Hannibal, Peter et Bob se trouvaient debout, dans une immense salle bourrée de monde, face à un commissaire-priseur en pleine action. Il était évident que ce petit homme replet et transpirant, juché sur son estrade, n'avait d'autre but que d'expédier la vente le plus rapidement possible. Un grand nombre de malles et de valises étaient déjà parties. En ce moment même, il était en train de se débarrasser de la valise qu'il avait devant lui :

« Une fois! Une fois! hurlait-il. Deux fois! Deux fois! Trois fois! Adjugé!... Adjugé pour douze dollars et cinquante *cents* au monsieur à la cravate rouge! »

Le marteau du commissaire-priseur retomba, signifiant que la vente était définitive. Le petit homme tourna la tête pour voir ce qui venait ensuite.

« Voici maintenant, annonça-t-il, le lot 98! Un article très intéressant, mesdames et messieurs.

Intéressant et peu banal. Hissez donc l'objet près de moi, afin que tous puissent le voir!»

Deux employés costauds déposèrent sur l'estrade une petite malle démodée. Peter s'agita nerveusement. Il faisait très chaud : l'atmosphère de la salle était étouffante. Certaines des personnes présentes émirent différentes suppositions quant au contenu de la malle mais Peter ne se sentait pas le moins du monde intéressé.

« Hannibal, chuchota-t-il à l'oreille de son ami. Je t'en prie, allons-nous-en!»

Hannibal, qui était aussi grassouillet que le commissaire-priseur et transpirait autant que lui, ne semblait pourtant pas pressé de partir.

« Patiente encore un peu! répondit-il à Peter. Cette malle est peu ordinaire. J'ai envie d'enchérir dessus!

— Sur cette horreur? s'exclama Peter en regardant l'objet. Tu es fou?

— Fou ou pas, je crois que je vais me porter acquéreur. Si son contenu a quelque valeur, nous partagerons.

— De la valeur? s'étonna Bob. Cet antique bagage ne doit guère contenir que des frusques à la mode de 1890!»

Il était exact que la malle paraissait vétuste. Elle était en bois, avec un couvercle arrondi et des sangles de cuir. Sa serrure avait l'air solide.

« Mesdames et messieurs, cria le commissaire-priseur, j'attire votre attention sur cette magnifique malle. Je puis vous assurer qu'on n'en fait plus de semblables de nos jours!»

Les spectateurs se mirent à rire. Il était évident qu'on ne fabriquait plus de tels bagages depuis belle lurette! La malle devait avoir plus de quatre-vingts ans.

« A mon avis, souffla Hannibal à ses amis, il s'agit d'une malle d'acteur... le genre de bagages dans lesquels les comédiens en tournée rangeaient leurs costumes et leurs accessoires.

— Que diable veux-tu que nous fassions de vieux costumes poussiéreux ? murmura Peter. Je t'en prie, Hannibal... »

Mais le commissaire-priseur avait déjà repris son boniment.

« Regardez bien cette malle, messieurs-dames ! Regardez-la ! Elle n'est ni neuve ni moderne, d'accord ! Mais considérez-la comme une antiquité. Une relique du passé ! Et qui peut dire ce qu'elle renferme ? »

Il frappa du poing le couvercle bombé qui rendit un son mat.

« Oui, qui sait ce qu'elle contient ? Car elle contient sûrement quelque chose. Et pourquoi pas les joyaux de la couronne des anciens tsars de Russie ? Oui ! Pourquoi ne se trouveraient-ils pas dans cette malle ? Je ne peux pas le garantir, bien entendu, mais toutes les hypothèses sont permises. Et maintenant, combien allons-nous en demander ? Voyons ! Que quelqu'un me fasse une offre!... Une offre, s'il vous plaît ! »

La foule demeura silencieuse. Apparemment, nul ne se préoccupait d'acquérir la vieille malle. Le commissaire-priseur sembla ennuyé.

« Allons, allons ! insista-t-il. Faites-moi une offre ! Cette belle vieille malle, cette précieuse relique des jours passés... »

Hannibal fit un pas en avant.

« Un dollar ! jeta-t-il d'une voix que l'émotion faisait légèrement trembler.

— Un dollar! répéta en écho le commissaire-priseur. Ce jeune homme, au premier rang devant moi, a l'air intelligent, et vient de proposer un dollar! Savez-vous ce que je vais faire, messieurs-dames? Je vais récompenser cet intelligent jeune homme en lui cédant cette malle pour un dollar! Une fois! Deux fois! Trois fois! Adjugé!»

Le marteau retomba avec un bruit sec. Quelques rires fusèrent de l'assistance. Nul ne se souciait de la malle et le commissaire-priseur ne désirait pas perdre son temps à susciter de nouvelles enchères. Hannibal, un peu surpris de la rapidité avec laquelle l'affaire s'était conclue, se retrouva propriétaire de l'antique malle, solidement fermée à clé, et au contenu mystérieux.

Or, à cet instant précis, un remous agita la foule. Une femme se frayait vivement un passage parmi l'assistance. C'était une petite vieille aux cheveux blancs, avec un chapeau à l'ancienne mode et des lunettes à monture dorée.

«Attendez un peu! cria-t-elle. Je veux enchérir! Dix dollars! J'offre dix dollars pour cette malle!»

Les gens se retournèrent pour la regarder, étonnés que l'on puisse offrir dix dollars d'un objet aussi vétuste.

«Vingt dollars! proposa alors la nouvelle venue en agitant la main d'un geste frénétique. J'en propose vingt dollars!»

Le commissaire-priseur, un moment interloqué, retrouva ses esprits :

«Je suis désolé, madame, répondit-il poliment, mais cet article a été adjugé et les ventes sont définitives. Emportez cette malle! ajouta-t-il à l'adresse des manutentionnaires. Et passons au lot suivant!»

Les deux employés descendirent la malle de l'estrade et allèrent la déposer près des Trois jeunes détectives.

«Voici l'objet!»

Hannibal et Peter regardèrent la malle.

«Nous voici donc propriétaires de ce vieux débris, grommela Peter en saisissant l'une des poignées de cuir. Reste à savoir ce que nous allons en faire!

— D'accord, retour au *Paradis de la Brocante*, répliqua laconiquement Hannibal. Ensuite, nous l'ouvrirons.

— Hé! Un instant, jeunes gens! dit l'un des employés. Avant tout, il faut régler votre achat. N'oubliez pas ce détail important!»

Hannibal, qui s'était emparé de la seconde poignée de la malle, la lâcha aussitôt, l'air penaud.

«C'est vrai. Excusez-moi!»

Il sortit son portefeuille et en tira un billet d'un dollar. L'employé griffonna un reçu et le lui tendit en échange.

«Votre reçu, jeune homme! A présent, la malle est bien à vous. Si elle contient les joyaux de la couronne, ils sont également votre propriété. Ha, ha!»

Insensibles à l'ironie de son rire, Hannibal et Peter emportèrent la malle. Bob les précédait, leur ouvrant le passage. Ils venaient de fendre la foule et atteignaient la sortie quand la femme aux cheveux blancs, qui était arrivée trop tard pour pousser les enchères, les rejoignit.

«Jeunes gens, dit-elle tout de go, je vous rachète cette malle vingt-cinq dollars. Je fais collection de vieux bagages et désire ajouter celui-ci à ceux que je possède déjà.

— Nom d'un pétard! s'écria Peter. Vingt-cinq dollars!

— Accepte, Babal! souffla Bob à Hannibal.

— C'est une bonne affaire, je vous assure, insista la femme. Cette malle ne vaut pas un *cent* de plus, même pour un collectionneur. Tenez! Voici vos vingt-cinq dollars!»

Tenant les billets entre ses doigts, elle les agita sous le nez d'Hannibal. Au grand étonnement de Bob et de Peter, celui-ci secoua la tête.

«Je regrette, madame, dit-il. Nous ne désirons pas la vendre. Nous voulons voir ce qu'elle contient.»

La vieille dame sembla consternée.

«Mais elle ne peut rien contenir de valeur! s'écria-t-elle. Allons, je vous en donne trente dollars!

— Non, merci. Réellement, je ne veux pas la vendre!» répéta Hannibal.

La femme soupira. Puis, alors qu'elle s'apprêtait à rediscuter, elle parut brusquement effrayée. Tournant les talons, elle se hâta de disparaître dans la foule. Hannibal eut l'impression que l'approche d'un grand jeune homme, porteur d'un appareil photographique, l'avait troublée.

«Salut, jeunes gens! lança le nouveau venu. Je suis Fred Brown, reporter aux *Nouvelles d'Hollywood* et en quête de faits divers amusants. J'aimerais vous photographier à côté de cette vieille malle. Sa vente a été le seul fait marquant de la matinée. Soulevez-la un peu, s'il vous plaît! Très bien! Et vous... (Il s'adressait à Bob)... tenez-vous juste derrière afin que je puisse vous prendre avec vos camarades!»

Bob et Peter hésitèrent, mais Hannibal les pressa vivement de se conformer aux directives du reporter. Bob se plaça donc derrière la malle. Ce faisant, il remarqua que, sur le dessus du couvercle, quelqu'un avait jadis tracé ces trois mots, aujourd'hui encore lisibles : *Le Grand Gulliver.*

Fred Brown ordonna :

«Ne bougez plus!»

Le flash de son appareil crépita. La photo était prise.

«Merci, dit le reporter aux trois garçons. Et maintenant, vos noms, s'il vous plaît! Et pouvez-vous m'expliquer pourquoi vous avez refusé trente dollars de cette malle? L'offre était cependant tentante!

— Oh, répondit Hannibal d'un ton désinvolte, c'est par pure curiosité. J'ai idée que cette malle a appartenu à un comédien et nous voulons savoir ce qu'elle contient. Nous l'avons achetée pour nous amuser et non pour en faire commerce.

— Alors, plaisanta Fred Brown, vous n'escomptez pas trouver à l'intérieur les joyaux des anciens tsars?

— Cette blague! s'écria Peter. Mais il peut y avoir de vieux costumes là-dedans.

— Possible! admit le jeune journaliste. Ce nom que je vois écris là, *Le Grand Gulliver,* semble bien être un nom de théâtre. Et à propos de noms, vous ne m'avez pas encore dit les vôtres!

— Tenez, dit Hannibal, voici notre carte. Nous sommes... heu... des détectives.»

Il tendait au reporter une des cartes de visite officielles dont les trois amis avaient toujours une provision sur eux. Fred Brown put lire :

LES TROIS JEUNES DÉTECTIVES
Enquêtes en tout genre
? ? ?
Détective en chef : Hannibal Jones
Détective adjoint : Peter Crentch
Archives et recherches : Bob Andy

« Tiens, tiens! murmura-t-il en haussant le sourcil. Ainsi, vous êtes détectives? Mais que signifient ces trois points d'interrogation?

— C'est un symbole, expliqua Hannibal. Ils représentent les mystères à éclaircir, les énigmes à déchiffrer, les problèmes à résoudre. C'est un peu notre étiquette professionnelle. Nous enquêtons sur tout ce qui présente un intérêt quelconque.

— Et aujourd'hui, ce qui vous intéresse, c'est cette vieille malle de comédien! »

Fred Brown sourit et fourra le bristol dans sa poche.

« Merci, jeunes gens! Peut-être verrez-vous votre photo dans le journal de ce soir. Tout dépend de mon rédacteur en chef. Souhaitons que votre histoire lui plaise. »

Il agita la main en signe d'adieu et s'éloigna. Hannibal empoigna de nouveau l'une des poignées de la malle.

« Allons, Peter! Dépêchons-nous d'emporter ce truc-là. Nous ne pouvons pas faire attendre Hans indéfiniment. »

Précédés de Bob, les deux garçons eurent tôt

fait de gagner la porte donnant sur la rue. Peter demanda à Hannibal :

« Pourquoi as-tu donné nos noms à ce journaliste ?

— Pour la publicité, répondit le chef des Détectives. Toute entreprise a besoin de publicité pour être connue du public. Ces derniers temps, les bons mystères se sont faits plus que rares. Si nous n'en trouvons pas bientôt un à débrouiller, nous finirons par nous rouiller. »

Tout en parlant, le trio avait franchi le seuil de l'hôtel des ventes et se dirigeait vers l'endroit où Hans attendait, au volant de l'estafette. Après avoir hissé la malle à l'arrière du véhicule, les trois amis s'entassèrent sur le siège, près du Bavarois.

« Rentrons vite, Hans, pria Hannibal. Nous venons de faire une acquisition et nous avons hâte de l'examiner de près.

— Entendu, Babal ! lança le géant blond en mettant la voiture en marche. Peut-on savoir ce que vous avez acheté ?

— Une vieille malle ! révéla Peter. Et comment comptes-tu l'ouvrir, chef ? ajouta-t-il à l'intention d'Hannibal.

— Il y a un tas de clés à la maison, répliqua celui-ci. Ce serait bien le diable si l'une d'elles n'ouvrait pas cette serrure !

— Nous pourrions la fracturer, suggéra Bob.

— Non, dit Hannibal en secouant la tête. Inutile de l'abîmer. Nous tâcherons d'opérer en douceur ! »

Le reste du trajet s'effectua en silence. Arrivés au *Paradis de la Brocante*, les trois garçons, aidés de Hans, descendirent la malle.

Mme Jones sortit du petit bâtiment faisant office de bureau.

« Dieu du ciel, qu'avez-vous acheté là ? s'exclama-t-elle, les poings sur les hanches. Cette malle est assez vieille pour avoir appartenu à un passager du *Mayflower*[1].

— Tu exagères, tante Mathilda ! protesta Hannibal. Mais elle n'est pas neuve, c'est certain ! Nous l'avons payée un dollar !

— Allons ! Vous ne vous êtes pas ruinés, admit la tante Mathilda en riant. Je suppose que vous désirez le gros trousseau de clés pour essayer de l'ouvrir. Tu le trouveras accroché à un clou, au-dessus du bureau ! »

Bob se chargea d'aller chercher les clés. Hannibal entreprit alors de les essayer toutes, l'une après l'autre, sur la serrure. Après s'être démené ainsi une bonne demi-heure, il renonça. Aucune des clés n'allait !

« Alors, qu'est-ce qu'on fait ? demanda Peter.

— On la force ? suggéra Bob pour la seconde fois.

— Pas encore, répondit Hannibal. Je crois qu'oncle Titus possède d'autres clés quelque part. Attendons son retour et nous les lui demanderons. »

La tante Mathilda reparut.

« Garçons, dit-elle d'un ton sans réplique, vous n'allez pas continuer à perdre ainsi votre temps ! Le travail presse. Vous allez commencer par déjeuner, puis je vous distribuerai vos tâches. Cette vieille malle attendra ! »

A regret, les trois amis obéirent. Un lunch

---

1. *Mayflower* : nom du navire anglais qui, en 1620, transporta en Amérique les puritains fondateurs des premières colonies anglaises. (N.d.T.).

nourrissant leur fut servi dans la maison à deux étages, confortable et coquette, où Hannibal habitait avec son oncle et sa tante. Elle se dressait, juste en face du *Paradis de la Brocante*, de l'autre côté de la route.

Après déjeuner, Hannibal, Bob et Peter furent chargés de réparer et rajeunir certains articles plus ou moins détériorés du bric-à-brac. Plus tard, quand ceux-ci seraient rafistolés, Titus Jones les revendrait et remettrait au trio sa part du bénéfice. Leur occupation tint les trois amis absorbés jusqu'à la fin de l'après-midi. A ce moment-là, Titus Jones et Konrad, le frère de Hans, arrivèrent avec la grosse camionnette, pleine d'objets que venait d'acquérir l'oncle d'Hannibal.

Le brocanteur était un petit homme au gros nez et à l'énorme moustache noire. Il sauta lestement à terre et embrassa sa femme. Puis il agita le journal qu'il tenait à la main.

« Venez ici, garçons! appela-t-il. Venez vous admirer sur ce journal! »

La tante Mathilda et les trois détectives se penchèrent avec curiosité sur la page, largement étalée, des *Nouvelles d'Hollywood*, que leur désignait Titus. Là, en bonne place, on pouvait voir la photo d'Hannibal et de Peter, encadrant la vieille malle, avec Bob à l'arrière-plan. Le cliché était remarquablement net. On pouvait même lire *Le Grand Gulliver* sur le couvercle de la malle. Le titre de l'article était ainsi rédigé :

LA MALLE MYSTÉRIEUSE LIVRERA-T-ELLE
SON SECRET
AUX TROIS JEUNES DÉTECTIVES?

L'article lui-même contait, d'une manière humoristique, comment Hannibal était devenu propriétaire de la malle et avait refusé de s'en dessaisir, même à prix fort. Fred Brown laissait entendre que les trois garçons espéraient trouver un objet de valeur dans leur malle. Cela était, en fait, pure imagination de la part du journaliste, qui cherchait à rendre l'histoire plus intéressante. En réalité, Hannibal et ses camarades n'avaient aucune idée du contenu de la malle.

Fred Brown donnait le nom des Trois jeunes détectives et précisait que leur quartier général se trouvait au *Paradis de la Brocante*, à Rocky.

« C'est de la publicité, d'accord! soupira Peter. N'empêche que l'ami Fred nous fait passer pour des idiots! Imaginer qu'on puisse trouver quelque chose de valeur dans cette vieille malle!

— La faute en est au commissaire-priseur qui a parlé des bijoux de la couronne de Russie, rappela Hannibal. Nous allons découper cet article et le coller dans notre album.

— Plus tard! trancha Mme Jones. Il est l'heure du dîner. Range cette malle, Hannibal, et va faire un brin de toilette. Bob! Peter! Mangez-vous avec nous, ce soir ? »

Bob et Peter mangeaient aussi souvent chez les Jones que chez eux. Mais, ce jour-là, ils étaient attendus par leurs parents. Aussi enfourchèrent-ils leurs bicyclettes pour regagner leurs domiciles respectifs. Hannibal traîna la vieille malle hors du passage, non loin du bureau, et traversa la route pour aller dîner. Resté sur place le dernier, son oncle ferma les grilles du bric-à-brac.

La soirée se passa sans histoire et Hannibal était sur le point de monter se coucher quand on frappa à la porte d'entrée. C'était Hans et Konrad, qui vivaient dans un petit pavillon, à deux pas de là.

« Excusez-nous de vous déranger, monsieur Jones, dit Hans, mais nous avons aperçu une lumière dans la cour du *Paradis*. Nous avons même distingué la silhouette d'un rôdeur. Nous ferions bien d'y aller voir de près, qu'en pensez-vous ?

— Dieu tout-puissant! s'exclama la tante Mathilda. Des voleurs!

— Je vais jeter un coup d'œil là-bas, annonça l'oncle Titus. Avec Hans et Konrad, aucun voleur ne nous résistera. Nous allons prendre ces gredins par surprise ! »

Accompagné de ses deux athlétiques employés, Titus Jones se dirigea avec précaution vers le bric-à-brac. Hannibal suivit le mouvement. Personne ne lui avait demandé de venir, mais personne, non plus, ne lui avait ordonné de rester sur place.

A présent, à travers les fentes de la palissade entourant la cour du dépôt, on pouvait voir la lueur d'une lampe électrique de poche. Les trois hommes avancèrent un peu plus. Et soudain... catastrophe! Hans buta contre un obstacle invisible et tomba lourdement sur le sol en laissant échapper un cri de surprise.

Celui qui se trouvait dans la cour l'entendit. On perçut un bruit de fuite. Et puis, brusquement, deux ombres franchirent en courant le portail d'entrée, bondirent dans une voiture qui attendait dans l'ombre et démarrèrent en trombe.

Titus Jones, Konrad et Hannibal se précipitèrent. Le portail était grand ouvert. La serrure en avait été manifestement forcée.

Mais les intrus avaient disparu. Mû par une intuition soudaine, Hannibal se rua vers l'endroit où il avait rangé sa vieille malle.

Celle-ci et son mystérieux contenu n'étaient plus là!

Chapitre 2

Curieuse visite

Bob franchit, à bicyclette, le seuil du *Paradis de la Brocante.* Cette matinée ensoleillée annonçait une journée chaude, bien qu'on fût déjà à la fin de l'été. Peter et Hannibal interrompirent leur travail pour accueillir leur camarade. Peter s'efforçait de remettre en état une tondeuse à gazon rouillée et Hannibal passait une couche de laque blanche sur de vieilles chaises de jardin, préalablement décapées au papier de verre.

Tous deux avaient l'air démoralisés, à ce qu'il sembla à Bob qui se hâta de garer sa bicyclette pour les rejoindre.

« Salut, Bob ! dit Hannibal. Prends un pinceau et viens m'aider. Nous avons un tas de sièges de jardin à repeindre. »

Bob posa la question qui lui brûlait les lèvres :

« Avez-vous réussi à ouvrir la malle ? Qu'avez-vous trouvé à l'intérieur ?

— La malle ? répéta Peter d'un ton amer. De quelle malle parles-tu, mon vieux ?

— Tu le sais bien, répondit Bob, surpris. La malle qu'Hannibal a achetée hier à la vente aux enchères! Maman a beaucoup apprécié notre photo dans le journal. Elle la trouve excellente. Et elle voudrait bien savoir, elle aussi, ce que renferme cette malle.

— Tout le monde manifeste une grande curiosité à ce sujet, fit remarquer Hannibal en se remettant à peindre. Oui, en vérité. Une bien trop grande curiosité! Nous aurions mieux fait de vendre cette malle quand nous le pouvions.

— Que diable veux-tu dire? murmura Bob en ouvrant de grands yeux.

— Il veut dire que la malle a disparu, expliqua Peter. Plus de malle, mon vieux! On l'a volée hier soir.

— On l'a volée! Et qui ça?

— Si seulement nous le savions!» soupira Hannibal.

Il conta alors à Bob ce qui s'était passé la veille.

«Deux hommes sont sortis en courant, acheva-t-il, et se sont enfuis en voiture. Et la malle a disparu. Il est évident que ces deux bonshommes-là l'ont volée!

— Ça alors! Je me demande pourquoi ils la voulaient! s'exclama Bob.

— A mon avis, déclara Peter, ces deux types ont été poussés par la curiosité. Ils ont dû lire notre histoire dans le journal et cela leur a donné des idées.

— Je ne crois pas, dit Hannibal. Personne ne se risquerait à voler une malle d'un dollar, uniquement pour jeter un coup d'œil à l'intérieur. Le jeu n'en vaut pas la chandelle. Je pense plutôt que nos cambrioleurs savaient que la malle contenait un objet de valeur. Et je regrette bien que nous n'ayons pas pu l'ouvrir avant leur visite. Je n'arrive pas à m'en consoler. »

Hannibal fut interrompu par l'arrivée d'une grosse voiture bleue. Un homme grand et mince en sortit. Ses sourcils obliques lui donnaient quelque ressemblance avec Méphisto tel qu'on a l'habitude de le représenter. Il se dirigea droit vers le trio.

« Bonjour, jeunes gens », dit-il poliment. Puis, s'adressant à Hannibal : « Hannibal Jones, je présume ?

— Oui, monsieur, répondit non moins poliment celui-ci. Que puis-je pour vous ? Mon oncle et ma tante sont momentanément absents, mais si un article de notre dépôt vous intéresse, je peux vous le vendre.

— Une seule chose m'intéresse, répliqua le nouveau venu. Hier, si j'en crois la presse locale, vous avez acheté une vieille malle. A une vente aux enchères. Pour l'énorme somme d'un dollar. Est-ce vrai ?

— Tout à fait vrai, monsieur. »

Hannibal dévisagea avec curiosité son interlocuteur. L'aspect aussi bien que les manières de l'homme étaient un peu bizarres.

« Parfait, déclara le visiteur. Ne perdons plus de temps en paroles inutiles. Je désire vous acheter cette malle. J'espère que vous ne l'avez pas encore vendue ?

— Non, monsieur, nous ne l'avons pas encore vendue, mais...

— Dans ce cas, tout va bien », coupa l'homme.

Il agita la main. Un bon nombre de billets verts apparurent entre ses doigts et se déployèrent en éventail.

« Regardez ! reprit-il. Cent dollars. Dix billets de dix dollars. Ils sont à vous en échange de la malle. »

Croyant percevoir de l'hésitation, il insista :

« La somme me semble convenable. Vous ne pouvez espérer que je vous offre davantage pour une malle démodée ne contenant que des vieilleries, n'est-ce pas ?

— Non, monsieur. Mais...

— N'essayez pas de faire monter le prix, dit l'homme d'un ton sec. Celui que je vous propose est déjà exorbitant. Mais cette malle a pour moi une grande valeur sentimentale. D'après l'article du journal elle aurait jadis appartenu au Grand Gulliver. Est-ce exact ?

— Du moins, expliqua Hannibal, tandis que Bob et Peter écoutaient la discussion avec le plus grand intérêt, du moins ce nom était-il écrit sur le couvercle. Mais...

— Encore des mais ! s'écria le visiteur en fronçant les sourcils. Si vous voulez tout savoir, apprenez que le Grand Gulliver était autrefois un de mes amis. Voilà plusieurs années que je ne l'ai vu. Je crains, hélas, qu'il ne soit plus de ce monde. Parti. Disparu. Mort. Et j'aimerais posséder sa malle de scène en souvenir du temps jadis. Voici ma carte ! »

Il fit claquer ses doigts. Les billets qu'il tenait se transformèrent en un petit carton blanc. Il tendit le bristol à Hannibal qui le prit et lut : *Le Mage Maximilien.* Au-dessous du nom était mentionné son domicile : Club des Sorciers, à Hollywood.

« Vous êtes magicien ! » s'exclama Hannibal.

Le mage Maximilien s'inclina légèrement.

« Et mon nom était autrefois bien connu, précisa-t-il. J'ai donné des représentations devant toutes les têtes couronnées d'Europe. Aujourd'hui, j'ai pris ma retraite et travaille à écrire une histoire de la magie. A l'occasion, aussi, je donne de petites séances privées pour mes amis. Mais revenons-en à notre affaire.»

De nouveau, il fit claquer ses doigts et l'éventail des billets verts reparut.

«Finissons-en, dit-il. Voici l'argent. Donnez-moi la malle. Votre métier est d'acheter et de vendre. C'est aussi simple que cela. Pourquoi hésitez-vous?

— Parce qu'il m'est impossible de vous vendre la malle! cria presque Hannibal. Voilà un bon moment que j'essaie de vous l'expliquer.

— Vous ne pouvez pas? répéta le magicien dont les sourcils touffus s'agitèrent comme des antennes. Vous ne pouvez pas! Bien sûr que si, vous pouvez! Ne me mettez pas en colère, mon garçon! J'ai conservé mes pouvoirs magiques. Supposez... (il avança la tête en direction d'Hannibal et ses yeux noirs parurent flamboyer)... supposez que je claque des doigts et que je vous fasse disparaître? Pfuitt! Comme cela! Dans l'air. A jamais. C'est alors que vous regretteriez de m'avoir contrarié!»

La voix du mage était si menaçante que Bob et Peter frissonnèrent. Hannibal lui-même semblait mal à l'aise.

«Je ne peux pas vous vendre la malle, déclara-t-il, parce que je ne l'ai plus. On l'a volée cette nuit.

— Volée! Me dites-vous bien la vérité, mon garçon?

— Oui, monsieur.»

Pour la troisième fois de la matinée, Hannibal entreprit de relater les événements de la veille. Le mage Maximilien l'écouta avec attention puis soupira :

« Comme je regrette ! J'aurais dû venir vous voir aussitôt après avoir lu cet article de journal. Et vous n'avez aucun indice qui permettrait de retrouver vos voleurs ?

— Ils ont filé avant même que nous ayons pu les voir de près.

— Mauvais, ça, très mauvais, marmonna le magicien entre ses dents. Dire que la malle du Grand Gulliver n'a reparu si étrangement que pour disparaître presque aussitôt ! Je me demande pourquoi ces hommes désiraient se l'approprier !

— Peut-être contenait-elle un objet de valeur ? murmura Bob.

— Sottise ! répliqua Maximilien. Le Grand Gulliver n'a jamais rien possédé de précieux, le pauvre diable ! Rien, sinon ses talents magiques. Sans doute sa malle renferme-t-elle quelques-uns de ses anciens tours de passe-passe. Mais à qui serviraient-ils, sinon à un autre magicien, comme moi-même ? Au fait, vous avais-je dit que Gulliver était un magicien ? Mais vous l'aviez sans doute deviné... Il n'était pas vraiment un "grand" artiste, bien qu'il se plût à le croire. Il n'était même pas grand par la taille. C'était au contraire un petit homme, au visage rond et aux cheveux noirs. Parfois, il revêtait des robes flottantes pour ressembler à un sorcier oriental. Un de ses tours, cependant, était très remarquable. J'avais espéré que, peut-être... Enfin, peu importe ! La malle s'est envolée ! »

Il se tut et s'absorba dans ses pensées. Puis il se secoua et l'argent disparut d'entre ses doigts.

« Je me suis déplacé pour rien, grommela-t-il. Pourtant, qui sait si vous n'arriverez pas à récupérer la malle ! Dans ce cas, n'oubliez pas... Le mage Maximilien désire vous l'acheter ! »

Il fixa sur Hannibal ses yeux au regard pénétrant.

« Vous avez bien compris, jeune homme ? Je veux cette malle. Je vous la paierai dès que vous l'aurez. Vous pouvez me joindre au Club des Sorciers. D'accord ?

— Je ne vois pas comment nous pourrions récupérer ce qu'on nous a volé, fit remarquer Peter.

— On ne sait jamais. Cela peut arriver, dit Maximilien. Si cela se produit... n'oubliez pas que je suis acquéreur. Est-ce entendu, jeunes gens ?

— Si nous rentrons en possession de l'objet, répondit prudemment Hannibal, nous ne le vendrons à personne avant de vous en avoir parlé, monsieur Maximilien. C'est tout ce que je peux vous promettre. Du reste, comme vient de le faire remarquer mon ami Peter, il y a peu de chances pour que nous remettions jamais la main sur cette malle. Nos voleurs doivent être loin à présent !

— C'est à craindre, en effet, soupira le mage d'un air découragé. Enfin, attendons la suite des événements. Et ne perdez pas ma carte ! »

Il mit la main dans sa poche, parut surpris et en sortit un œuf.

« Comment diable cet œuf est-il venu là ? murmura-t-il. Hep, mon garçon, attrape-le ! »

Il jeta l'œuf à Peter qui tendit le bras pour

le saisir au vol. Mais l'œuf sembla se volatiliser en route, telle une bulle de savon qui crève.

« Hum! plaisanta le magicien. Ce devait être un œuf de dodo. Une race d'oiseaux pratiquement éteinte, vous savez. Allons, allons, il faut que je m'en aille. N'oubliez pas de me faire signe si vous avez du nouveau! »

Il remonta en voiture. Les Trois jeunes détectives s'attendaient vaguement à voir quelque chose d'étrange se produire, mais rien ne se passa. Le mage s'éloigna et disparut au prochain tournant.

« Eh bien! s'exclama alors Peter. On peut dire que c'est un drôle de client!

— On peut surtout dire qu'il tient drôlement à acquérir la malle de Gulliver! répliqua Hannibal. Je me demande si c'est uniquement parce que lui et le Grand Gulliver étaient tous deux magiciens... ou si la malle contient un objet particulier dont il aimerait devenir possesseur. »

Les trois amis étaient en train de débattre la question quand une seconde voiture s'arrêta devant le bric-à-brac. Sur le moment, ils crurent que c'était Maximilien qui revenait. Mais la seconde voiture était beaucoup moins luxueuse que la première. Un jeune homme en descendit. Le trio le reconnut : c'était le reporter qui les avait photographiés la veille, à la vente aux enchères.

« Salut, jeunes gens! lança-t-il gaiement. Je suppose que vous me remettez? Fred Brown.

— Certainement, monsieur, répondit Hannibal.

— Je viens voir si vous avez ouvert cette malle que vous avez achetée hier. Il y a peut-être là matière à un autre bon article dans mon journal. Vous savez, j'en sais un peu plus long aujourd'hui sur le contenu de cette malle. Je crois qu'elle contient un crâne parlant!»

Chapitre 3

Nouveaux mystères... et belle surprise!

«Un crâne parlant?» s'exclamèrent en chœur les Détectives.

Fred Brown sourit.

«Parfaitement. Une tête de mort authentique. L'avez-vous trouvée?»

Hannibal dut raconter une fois de plus qu'il n'avait rien trouvé du tout dans la malle, pour l'excellente raison qu'on avait volé celle-ci. Le jeune reporter se renfrogna.

«Flûte! soupira-t-il. Je peux dire adieu à l'article que je projetais d'écrire. Qui diable a pu voler ce vieux truc? Quelqu'un qui aura lu l'histoire dans le journal, bien sûr!

— C'est probable, admit Hannibal. Peut-être quelqu'un d'autre que vous était-il au courant... au sujet de ce crâne parlant. Sans doute aura-t-on voulu se l'approprier. Au fait... parle-t-il vraiment, monsieur?

— Appelez-moi Fred, dit gentiment le reporter. Je ne peux vous assurer si ce crâne parlait ou non. Je sais seulement qu'il était censé le faire. Vous comprenez, j'ai longuement réfléchi à ce nom sur le couvercle de la malle : le Grand Gulliver! Il me trottait dans la cervelle. J'étais certain de l'avoir déjà entendu. Je suis alors allé consulter les archives de notre journal. Vous savez de quoi il s'agit, n'est-ce pas?»

Bob répondit par un vigoureux hochement de tête. Son père était journaliste lui aussi et avait instruit son fils des choses de son métier. Les archives d'un journal comportaient tous les numéros des années précédentes et, en plus, un immense fichier où se trouvaient classés en bon ordre une foule de renseignements touchant les sujets les plus divers. Bob lui-même, à la bibliothèque où il était employé à mi-temps, compulsait souvent d'autres archives susceptibles de les aider, ses amis et lui, dans leurs enquêtes policières.

«Donc, reprit Fred Brown, je décidai de rechercher qui était le Grand Gulliver. J'ai ainsi retrouvé plusieurs articles le concernant. C'était un magicien, de talent très moyen. Toutefois, l'un des numéros qu'il présentait était vraiment remarquable. Il s'agissait d'un "crâne parlant" Et puis, voici environ un an, Gulliver a disparu. Il semble s'être évaporé dans les airs... comme s'il s'était escamoté lui-même! Personne ne sait s'il est mort ou vivant. Une chose est certaine : il a laissé derrière lui sa malle, dans l'hôtel où il logeait. Cette malle a été vendue hier aux enchères, et c'est vous qui l'avez achetée. J'ai logiquement conclu que Gulliver avait enfermé ses accessoires de magie dans la malle, tête de mort comprise. Et je me suis dit que cela ferait un article intéressant, faisant suite au précédent.

— Vous recherchez Gulliver ? demanda Bob.

— Hé oui ! »

Hannibal réfléchissait.

« Toute cette histoire est bien mystérieuse, déclara-t-il. Un magicien évaporé, une malle escamotée et un crâne censé parler ! Oui, tout cela m'intrigue énormément.

— Hé ! Attends un peu, Babal ! protesta Peter. Je n'aime pas du tout l'expression de ton visage, mon vieux. J'espère que tu ne vas pas essayer de percer le mystère ! Je ne me soucie nullement d'enquêter à propos de têtes de morts parlantes. D'abord, je ne crois pas qu'un crâne puisse parler... et j'aurais horreur qu'on m'en fournisse la preuve !

— Impossible d'enquêter sur le crâne parlant maintenant que la malle a disparu, fit remarquer Hannibal. N'empêche que j'aimerais en apprendre plus long sur le Grand Gulliver, Fred !

— Je ne demande pas mieux que de vous renseigner, déclara le reporter en s'asseyant sur une des chaises de jardin qui restaient encore à peindre. Je vais vous résumer ce que je sais moi-même... Gulliver était un magicien de troisième ordre, mais il possédait ce crâne qui, à ce qui semble, parlait bel et bien. Gulliver le dressait sur une table de verre, sans rien autour, et lui posait des questions.

— Un numéro de ventriloquie, sans doute ? suggéra Hannibal. Gulliver devait donner lui-même les réponses, sans remuer les lèvres ?

— C'est possible. N'empêche que le crâne répondait, alors même que Gulliver se trouvait à l'autre bout de la salle et parfois même quand il en était sorti. Les autres magiciens se sont toujours demandé comment il réussissait ce tour-là ! Le secret n'a jamais été divulgué. Et puis, un jour, Gulliver a eu maille à partir avec la police.

— Qu'est-il arrivé ? demanda Bob.

— Eh bien, comme ce pauvre Gulliver ne parvenait pas à gagner sa vie avec son seul métier de magicien, il se mit à dire la bonne aventure. Il se bombarda orgueilleusement du nom de « conseiller de l'Au-delà ». Vêtu de draperies orientales, il recevait ses clients dans une petite pièce décorée de mystérieux symboles. Moyennant finances, les gens qui avaient des problèmes venaient interroger le crâne. Gulliver avait baptisé celui-ci Socrate, comme le philosophe grec de l'Antiquité.

— Et Socrate répondait aux questions ? demanda encore Bob.

— Il paraît. Et il fournissait généralement d'heureuses solutions aux problèmes posés. Mais Gulliver alla trop loin. Socrate se mit à donner des conseils en matière de transactions boursières. Or, il semble bien qu'en ce domaine il n'entendait pas grand-chose. Nombreux furent les gens auxquels il fit perdre de l'argent. Certains finirent par porter plainte. Gulliver, accusé d'abus de confiance en tant que faux conseiller financier, fut mis en prison. Quand il en sortit, au bout d'un an, il renonça au métier d'illusionniste et à celui de devin pour prendre un petit emploi. Et un jour, pfuitt ! Il disparut subitement. Des rumeurs coururent : on dit que des individus peu recommandables s'étaient intéressés à lui... mais personne ne savait pourquoi. Peut-être ces gens-là avaient-t-ils en tête un projet criminel auquel ils désiraient associer l'ex-magicien et Socrate. Certains estiment que c'est pour leur échapper qu'il disparut ainsi.

— Mais il abandonna sa précieuse malle! fit remarquer Hannibal en se pinçant la lèvre inférieure, geste qui, chez lui, indiquait une extrême concentration d'esprit. Ce détail prouve que, ou bien il lui est arrivé quelque chose, ou bien il s'est escamoté lui-même sur l'impulsion du moment.

— Excellent raisonnement, approuva Fred. Peut-être a-t-il été victime d'un accident et n'a-t-on pu l'identifier.

— Je parie que c'est pour ça que Maximilien voulait la malle, déclara Peter. Il désirait s'approprier le crâne et tenter d'en percer le secret pour l'utiliser lui-même. Il se peut qu'il ait vraiment été l'ami de Gulliver, mais il pense que, Gulliver n'étant plus là, il peut hériter de ses tours de magie.

— Maximilien?» répéta Fred d'un air intrigué.

Hannibal lui raconta la visite du mage et son vif désir d'acquérir la malle.

«S'il souhaite la racheter, constata le jeune reporter, ce n'est certainement pas lui qui l'a volée. Je me demande si les voleurs ont l'intention d'utiliser les talents de Socrate. Au fond, peu importe! J'espérais écrire un bon article au sujet du crâne parlant. Je vous aurais photographiés tous les trois avec Socrate. Hannibal aurait pu revêtir l'une des robes flottantes de Gulliver... il doit y en avoir dans la malle. Enfin, tant pis! Je n'ai plus qu'à repartir bredouille. Bien content tout de même de vous avoir revus!»

Là-dessus, Fred Brown s'en alla, laissant Hannibal fort déçu.

« Quelle malchance, soupira le gros garçon, que cette malle ait disparu ! J'aurais tellement aimé percer le mystère du crâne parlant !

— Eh bien, pas moi ! affirma Peter. En ce qui me concerne, toute malle contenant une tête de mort disposée à bavarder peut rester disparue à jamais. Je ne me soucierais pas de la retrouver. Au fait, comment un crâne peut-il parler ?

— C'est là une partie du mystère, répondit Hannibal. Mais à quoi bon continuer à discuter puisque... Ah ! Voici oncle Titus qui revient ! »

La camionnette venait d'entrer dans la cour du dépôt, lourdement chargée d'objets de toute sorte. L'oncle d'Hannibal sauta lestement à terre et se dirigea vers le trio.

« En plein travail, à ce que je vois ! dit-il avec un clin d'œil malicieux. Vous avez de la chance que Mathilda ne soit pas là. Elle trouverait tout de suite de quoi vous occuper. Mais vous voilà tous bien pensifs ! Auriez-vous des ennuis ?

— Ma foi, soupira Hannibal, pour ne rien te cacher, nous pensions à cette malle qui a disparu hier soir. Nous venons d'apprendre quelque chose d'intéressant à son sujet.

— Ah ! Cette malle ! fit Titus Jones en riant. Elle n'est pas revenue, par hasard ?

— Non, bien sûr que non, répondit Hannibal tristement. Et il y a peu de chances que nous la revoyions jamais !

— Ne te hâte pas de conclure ! déclara Titus Jones. C'est une malle de magicien, pas vrai ? Alors, peut-être pouvons-nous la faire revenir par un procédé magique ! »

Les trois Détectives le regardèrent.

« Que veux-tu dire, oncle Titus ? demanda Hannibal. Quelle sorte de magie pourrait faire revenir la malle ? Connais-tu un moyen ?

— Celui-ci ! » répliqua le brocanteur.

Prenant un air mystérieux, il fit claquer ses doigts à trois reprises, ferma les yeux et psalmodia :

« Chiribiribi, malle viens ici ! Chiribiribou, vole près de nous ! Chiribiriba, ne refuse pas !... Voilà, jeunes gens ! Et si cette incantation magique demeure sans résultat, peut-être pourrons-nous mettre la main sur la malle rien qu'en usant de logique.

— De logique ? » répéta Hannibal fort intrigué.

Son oncle était un bon vivant doublé d'un joyeux farceur. Il semblait bien disposé à faire une blague aux trois garçons, mais Hannibal n'en était pas certain. Il se demandait si son oncle ne parlait pas sérieusement.

« Tu es grand amateur de mystères, n'est-ce pas, Hannibal, reprit Titus Jones. Et tu aimes les résoudre en raisonnant logiquement. Alors, réfléchis à ce qui s'est passé hier soir. Raconte ce que tu as vu !

— Eh bien, commença Hannibal toujours intrigué et se demandant ce que son oncle avait en tête, eh bien, nous nous sommes approchés de la cour du dépôt. Deux individus sont sortis en courant pour bondir dans une voiture et filer bon train. La malle avait disparu.

— D'après toi, ils l'ont donc volée ?

— Il semble bien, répondit Hannibal. Ils ont forcé la serrure du portail et... Oh !... » Sa figure s'empourpra lentement sous l'effet de la concentration et du dépit. « Ils étaient toujours dans la cour, à la recherche de la malle, quand nous les avons dérangés. Ils ont alors couru à leur voiture et se sont enfuis. Mais ils n'avaient pas la malle à ce moment-là avec eux. C'est donc qu'ils ne l'ont pas volée. Car si elle avait déjà été dans leur voiture, ils n'auraient pas continué à rôder dans la cour. Et comme ils ne l'ont pas emportée en s'enfuyant, la conclusion est évidente : la malle a été volée par d'autres, avant eux!»

Titus Jones eut un gloussement de joie.

«Hannibal, déclara-t-il, tu es certainement intelligent. Mais, parfois, il n'est pas mauvais de prouver à quelqu'un d'intelligent qu'il n'est pas aussi malin qu'il le pense. La conclusion à laquelle tu as abouti n'est pas mauvaise. Mais il existe une autre possibilité. Peut-être la malle n'a-t-elle pas été volée du tout! Peut-être les deux hommes que nous avons vus ne l'ont-ils pas trouvée tout simplement!

— Mais je l'avais laissée dans ce coin, tout près du bureau! protesta Hannibal. Là où n'importe qui pouvait la voir. Bien sûr, j'ai sans doute eu tort de ne pas l'enfermer dans le bureau lui-même, mais j'étais à cent lieues de supposer que l'objet était aussi précieux.

— Après avoir rangé la malle dans ce coin, reprit Titus Jones, tu es rentré à la maison pour faire un brin de toilette et passer à table, nous laissant le soin, à Hans et à moi, de fermer la grille. A ce moment-là, j'ai pensé : «Voici une malle de magicien. Quelle belle surprise pour Hannibal si elle disparaissait de façon magique! Cela l'amuserait terriblement d'exercer ses talents de détective à la retrouver.» Je t'ai alors joué un petit tour, Babal! J'ai caché la malle. Et puis, quand nous avons surpris les cambrioleurs, je me suis dit que mieux valait laisser l'objet dans sa cachette jusqu'au lendemain matin. Je m'apprêtais à te dire la vérité quand j'ai soudain décidé de voir si tu éclaircirais tout seul l'affaire... tout cela histoire de te chatouiller les méninges!

— Vous avez caché la malle? s'écria Bob, stupéfait. Mais où donc, monsieur Jones?

— Oui! Où? fit Peter en écho.

— Quelle peut être la meilleure cachette pour une malle?» demanda Titus Jones.

Mais déjà Hannibal examinait l'entassement d'objets hétéroclites qui encombraient la cour du dépôt. On aurait pu fourrer la malle sous n'importe lequel des plus gros. Très vite, le regard du chef des Détectives s'arrêta sur un point précis. Là, contre l'un des murs de la cour, une sorte d'abri, constitué par une toiture supportée par des piliers, protégeait les objets les plus précieux du bric-à-brac contre les rares pluies californiennes.

Dans un coin s'empilaient une demi-douzaine de vieilles malles, parfaitement rafistolées et de bonne taille.

«L'endroit idéal pour camoufler une malle! s'exclama Hannibal. Je ne me trompe pas, oncle Titus?

— Tu peux toujours vérifier, mon garçon!»

Hannibal courut aux vieilles malles. Mais Peter le distança et ouvrit le premier des bagages. Il était vide. Hannibal ouvrit le suivant. Lui aussi ne contenait rien. De même le troisième et le quatrième.

Bob, qui avait rejoint ses amis, ouvrit le cinquième. Une fois le couvercle soulevé, trois paires d'yeux plongèrent à l'intérieur...

Dans la grosse malle, y entrant tout juste, se trouvait celle du Grand Gulliver !

Chapitre 4

Socrate

« Et maintenant, dit Hannibal, voyons un peu si l'une des clés du trousseau de mon oncle ouvre cette serrure ! »

Les Trois jeunes détectives se trouvaient de nouveau réunis dans l'atelier d'Hannibal, séparé de la grande cour par une montagne d'articles d'occasion. C'est dans cette retraite, à l'abri des regards indiscrets, qu'ils s'apprêtaient à ouvrir la malle mystérieuse.

Plusieurs clients se promenaient à travers le bric-à-brac, en quête d'un objet intéressant. Mathilda Jones les surveillait sans en avoir l'air, prête à traiter avec eux. Titus avait dit à son neveu que lui et ses amis pouvaient s'accorder un moment de repos. Lui-même devait aller chercher une nouvelle fournée de marchandise et aurait du travail à leur donner à son retour. Les trois amis profitaient de la permission.

Tout en essayant de faire fonctionner la serrure, Hannibal s'adressait tout bas des reproches. Il s'en voulait de n'avoir pas envisagé un seul instant que la malle pouvait ne pas avoir été volée. L'oncle Titus lui avait joué là un fort méchant tour... en lui infligeant une bonne leçon! Jamais Hannibal n'aurait dû donner une conclusion si rapide à cette histoire. Il aurait dû voir où était la vérité. Au contraire, il s'était laissé abuser par les apparences.

Avec une louable franchise, il exprima tout haut sa façon de penser :

« Hier soir, j'ai commis une grosse faute en négligeant d'analyser les faits, déclara-t-il. Je serai plus circonspect la prochaine fois. La leçon d'oncle Titus portera. »

Bob et Peter sourirent.

« Quelle va être notre attitude vis-à-vis de M. Maximilien ? demanda Bob. Nous avons promis de l'avertir si nous retrouvions la malle.

— Non, corrigea Hannibal. Nous lui avons seulement promis de le prévenir avant de vendre la malle à quelqu'un d'autre. Et nous n'avons aucune intention de la vendre, du moins pour l'instant.

— Moi, dit Peter, je suis d'avis de nous en débarrasser. Après tout, Maximilien nous en a offert un bon prix. »

Mais l'idée de posséder un crâne parlant séduisait l'imagination d'Hannibal.

« Nous pourrons toujours songer à la vendre plus tard, déclara-t-il. Avant tout, je veux savoir si Socrate peut vraiment parler.

— Cette seule éventualité me donne le frisson », avoua Peter.

Hannibal continuait à essayer les clés. Enfin, l'une d'elles tourna dans la vieille serrure. Après avoir débouclé les sangles qui retenaient le couvercle, le chef des Détectives souleva celui-ci.

Bob et Peter tendirent le cou pour mieux voir. Une étoffe de soie rouge recouvrait le contenu de la malle. Une fois ôtée, elle révéla le plateau supérieur du bagage, garni de différents petits objets, chacun d'eux enveloppé d'une étoffe de soie aux couleurs variées. Il y avait là une cage à oiseau truquée, un globe de cristal et son support, un grand nombre de petites balles rouges, plusieurs paquets de cartes et des coupes de métal qui s'imbriquaient étroitement les unes dans les autres. Mais il n'y avait pas trace d'un crâne quelconque.

« Voici une partie des accessoires dont le Grand Gulliver se servait pour ses tours de magie, déclara Hannibal. Le plus important, je suppose, se trouve sous le plateau. »

Avec l'aide de Peter, il souleva le plateau en question et le mit de côté. D'autres étoffes apparurent. Mais, cette fois, ce n'était pas de simples housses. Au fur et à mesure qu'Hannibal les dépliait, les trois garçons purent constater qu'il s'agissait d'une jaquette de soie, d'une longue robe dorée, d'un turban et d'autres vêtements d'aspect oriental.

Ce fut Bob qui, le premier, aperçut ce qu'ils cherchaient.

« Regardez ! cria-t-il. Là ! de ce côté... sous cette étoffe violette. Quelque chose de rond. Je parie que c'est le crâne !

— Je crois que tu as raison, mon vieux », dit Hannibal.

Il souleva l'objet rond et Bob ôta la housse violette. Alors, apparut entre les mains d'Hannibal une tête de mort d'un blanc cru, qui semblait le regarder de ses orbites vides. Ce crâne n'avait rien d'effrayant... il était même plutôt sympathique. Il rappelait aux Détectives le squelette qui, en classe, présidait aux cours de leur professeur de biologie et que les élèves avaient baptisé M. Os. Etant habitués à voir un squelette entier, ils ne s'émurent pas à la vue d'un simple crâne.

« Voici donc Socrate! dit Bob.

— Il y a quelque chose dessous au fond de la malle! » annonça Hannibal.

Passant Socrate à Bob, il fouilla dans la malle et en sortit un disque d'ivoire assez épais. Des caractères mystérieux en décoraient la tranche.

« Je suppose que ce truc sert de support à Socrate, déclara Hannibal. Il est creusé de petites dépressions qui doivent le maintenir en place. »

Il déposa le disque d'ivoire sur une table. Bob plaça le crâne dessus : il s'adaptait parfaitement à son socle et paraissait même sourire d'un air satisfait à ceux qui le contemplaient.

« On dirait bien qu'il s'apprête à dire quelque chose, fit remarquer Peter. Mais s'il prononce un seul mot, je donne ma démission et je file ailleurs!

— Il est probable que seul Gulliver était capable de le faire parler, soupira Hannibal. A mon idée, ce crâne doit dissimuler quelque mécanisme secret... »

Empoignant Socrate, il l'examina longuement, avec la plus grande attention.

« Rien! finit-il par marmonner. S'il y avait quelque chose, sûr que je m'en apercevrais... Il faut se rendre à l'évidence. Ce crâne est sans mystère... Enfin, je me comprends... le mystère reste entier. »

Il replaça Socrate sur son socle.

« Socrate, ordonna-t-il. Si tu peux vraiment parler, dis quelque chose ! »

Seul le silence lui répondit.

« Ma foi, il ne semble guère disposé à bavarder, déclara le gros garçon. Voyons ce qu'il y a encore dans la malle ! »

Les trois amis tirèrent plusieurs costumes orientaux de la vieille malle. Elle contenait aussi une baguette de magicien et une série de poignards à lame recourbée. Ils étaient en train d'examiner ces armes et tournaient le dos à Socrate quand un bruit étouffé se fit entendre derrière eux.

Tous trois se retournèrent d'un même mouvement. Ils ne virent personne. Non, personne... que le crâne.

Socrate venait d'éternuer !

Chapitre 5

Conversation dans l'ombre

Hannibal, Bob et Peter échangèrent des regards effarés.

« Il a éternué, murmura Peter. C'est presque comme s'il avait parlé! Si un crâne peut éternuer, il peut sans doute aussi bien réciter l'annuaire tout entier!

— Hum! fit Hannibal en fronçant les sourcils. Ce n'est pas toi qui aurais éternué, par hasard, Bob?

— Ce n'est aucun de nous, affirma Bob. J'ai entendu distinctement l'éternuement derrière nous.

— Bizarre! grommela le chef des Détectives. Si ce crâne émettait des sons par le seul fait d'un tour de magie du Grand Gulliver, je comprendrais. Mais Gulliver n'est pas ici. Peut-être même est-il mort. Alors, je ne m'explique pas comment Socrate pourrait éternuer tout seul. Examinons-le de nouveau! »

Il s'empara du crâne et l'étudia attentivement, le tournant et le retournant entre ses doigts et le palpant avec la plus extrême minutie. Il l'exposa même en plein soleil pour mieux le voir. Tout cela en vain! Socrate était une honnête tête de mort, sans le moindre truquage.

« Pas de fils à l'intérieur, déclara Hannibal. Rien de rien. Tout cela est réellement très mystérieux.

— Un mystère qui ne me dit rien qui vaille! souligna Peter au passage.

— Mais *pourquoi* un crâne éternuerait-il? demanda Bob. Je ne vois aucune raison à cela!

— Je ne sais ni pourquoi ni comment, avoua Hannibal. Mais cela nous offre un sacré mystère à débrouiller... un mystère qui plairait beaucoup à notre ami Alfred Hitchcock. »

Il faisait allusion au célèbre producteur de films qui, à plusieurs reprises déjà, les avait aiguillés sur des problèmes policiers particulièrement délicats et qui prenait grand intérêt à leurs enquêtes.

« Hé, Babal! écoute un peu! protesta Peter. Hier soir, deux hommes ont essayé de voler cette malle. Aujourd'hui, nous l'ouvrons et nous trouvons à l'intérieur un crâne qui éternue. Demain, qui sait ce... »

Il fut interrompu par la voix puissante de Mathilda Jones.

« Hannibal! Peter! Bob! Je sais que vous êtes là! Venez ici en vitesse! J'ai du travail pour vous!

— Oh! oh! fit Bob. Ta tante nous réclame.

— Et elle ne semble pas disposée à attendre, ajouta Peter comme la voix impérative continuait à appeler. Nous ferions bien d'y aller!

— D'accord!» acquiesça le chef des Détectives.

Il remit vivement Socrate dans la malle, et referma celle-ci à clé. Puis les trois garçons se précipitèrent dans la cour du dépôt où Mme Jones attendait, les poings sur les hanches.

«Ah! Vous voilà enfin! Il est grand temps! Titus a déchargé la camionnette avec l'aide de Hans et de Konrad. A présent, il s'agit de trier la marchandise et de la stocker.»

Les trois garçons considérèrent le tas d'objets, en plus ou moins bon état, déposé devant le bureau et poussèrent un gros soupir. Il leur faudrait de longues heures pour tout trier et ranger : la tante Mathilda n'aurait pas admis qu'on laissât rien traîner. Certes, le bric-à-brac des Jones était un entrepôt de vieilleries, mais un entrepôt de première classe, rigoureusement tenu, où l'on pouvait trouver des choses vraiment originales.

Les trois amis se mirent donc au travail, ne s'interrompant que pour dévorer le déjeuner que Mme Jones leur servit sur place. Ils terminaient tout juste leur tâche quand Titus Jones arriva avec un autre chargement de marchandises. Il s'agissait principalement de meubles qu'il avait eus à bon compte.

Hannibal et ses camarades se trouvèrent ainsi occupés durant tout l'après-midi. Et, bien qu'Hannibal mourût d'envie de retrouver sa malle et son étrange contenu, il n'en eut pas le loisir. A la fin de la journée, Bob et Peter retournèrent chez eux. Peter comptait retrouver Hannibal au *Paradis de la Brocante* le lendemain matin. Bob les rejoindrait plus tard, pris qu'il était dans la matinée par son travail à mi-temps à la bibliothèque municipale.

Hannibal fit honneur au repas du soir. Après quoi, il se sentit trop las pour accorder son attention au mystère de la malle du magicien disparu et du prétendu crâne parlant. Néanmoins, il se dit que, si des cambrioleurs avaient cherché à lui voler la malle une fois, ils pouvaient fort bien renouveler leur tentative.

Il traversa la route, pénétra dans le dépôt et alla tirer Socrate et son socle de la malle. Puis il remit tout en ordre, ferma le couvercle, donna un tour de clé à la serrure, poussa la malle derrière la presse à imprimer et la camoufla sous une vieille toile à matelas. Il espérait que le bagage serait là en sûreté mais ne voulait courir aucun risque en ce qui concernait Socrate. Il mit donc le crâne sous son bras et rentra à la maison avec lui.

Comme il franchissait le seuil, sa tante l'aperçut, vit ce qu'il portait et poussa un léger cri :

« Dieu du ciel, Hannibal ! Qu'est-ce que cette horrible chose ?

— Oh, ce n'est que Socrate ! répondit Hannibal d'un ton léger. Il paraît que ce crâne peut parler !

— Il peut parler, hein ? fit Titus Jones avec un gloussement amusé. Et que raconte-t-il, mon garçon ? Il semble assez intelligent !

— Jusqu'ici, admit Hannibal, il n'a encore rien dit. J'espère pourtant qu'il se décidera. Mais je n'y compte guère !

— Eh bien, je lui conseille en tout cas de ne jamais m'adresser la parole, déclara Mathilda Jones. Autrement, je saurai comment lui répondre. En voilà des inventions ! Dépêche-toi de faire disparaître cette horreur, Hannibal. Je ne veux plus la voir!»

Hannibal monta Socrate dans sa chambre et le déposa, installé sur son socle, sur le bureau. Puis il redescendit pour passer un moment devant le téléviseur familial.

Enfin, il se fourra au lit, avec l'idée que finalement, il était impossible que Socrate puisse parler. La seule chose plausible était que le Grand Gulliver, son ancien propriétaire, l'utilisait dans un numéro de ventriloquie particulièrement habile.

Le chef des Détectives sombrait tout juste dans le sommeil quand un faible sifflement l'arracha à sa torpeur. On siffla de nouveau... à croire que le siffleur se trouvait dans la chambre même.

Pour le coup bien réveillé, Hannibal se dressa sur son séant.

« Qui est là ? Est-ce toi, oncle Titus ? demanda-t-il, tout prêt à croire que c'était son oncle qui lui faisait une farce.

— Non! C'est moi... » répondit une voix douce et bien modulée. Elle semblait venir, à travers l'obscurité, de la direction du bureau. « C'est moi... Socrate!

— Socrate? répéta Hannibal en avalant avec effort sa salive.

— Le moment est venu pour moi... de parler. N'allume pas... Contente-toi d'écouter et... n'aie pas peur. Me... comprends-tu ? »

Les mots arrivaient, comme prononcés avec peine. Hannibal regarda de tous ses yeux vers l'endroit où se trouvait le crâne. Mais l'obscurité était profonde; il ne vit rien.

« Très... très bien ! reprit-il, d'une voix un peu tremblante.

— Parfait, dit Socrate. Tu dois te rendre... demain... au numéro 311 de la rue Royale. Le mot de passe... est mon nom... Socrate... Compris ?

— Oui, répliqua Hannibal d'une voix plus ferme. Mais de quoi s'agit-il ? Et qui me parle en ce moment ?

— Je te le répète... moi... Socrate... »

La voix s'éteignit dans un chuchotement. Hannibal allongea le bras et fit jouer l'interrupteur de sa lampe de chevet. Puis il regarda du côté de Socrate. Le crâne, à présent parfaitement silencieux, paraissait lui sourire.

« Allons, je délire ! se dit Hannibal. Il est impossible que ce crâne m'ait parlé. Pourtant... la voix venait bien de cette pièce... pas de la fenêtre... »

Le gros garçon se leva d'un bond et courut à la fenêtre pour vérifier. Il se pencha au-dehors. Le chemin était vide, tout comme la cour de l'entrepôt que la lune éclairait brillamment. Pas un chat en vue !

Follement intrigué, Hannibal regagna son lit.

Le message était précis : il devait se rendre, le lendemain, 311, rue Royale. Peut-être aurait-il intérêt à ne pas y aller. Pourtant, au fond de lui, il savait bien qu'il obéirait à l'ordre mystérieux... avec, justement, l'espoir de percer le mystère.

Car s'il y avait quelque chose à quoi Hannibal ne pouvait résister, c'était bien l'attrait d'un passionnant mystère !

Chapitre 6

Zelda la gitane

Tu es bien sûr de ne pas vouloir que je t'accompagne, Babal ? » demanda Peter. Assis sur le siège de l'estafette dans laquelle Hans les avait conduits à Los Angeles, les deux garçons considéraient l'immeuble mal entretenu qui portait le numéro 311 de la rue Royale. Un écriteau défraîchi annonçait « Chambres à louer » et, au-dessous, un carton plus petit indiquait « Complet ».

Le voisinage était aussi minable que l'immeuble : garnis de troisième ordre, petites boutiques déglinguées... tout cela aurait eu grand besoin d'être restauré ou tout au moins repeint. Les rares passants que l'on apercevait étaient tous âgés. La rue paraissait être habitée par de vieilles gens aux revenus plus que modestes.

« Veux-tu que je t'accompagne ? répéta Peter.

— Non, mon vieux. Je crois préférable d'y aller seul. Attends-moi ici, dans l'estafette, avec Hans. Je ne crois pas qu'il y ait du danger. »

Peter avala sa salive, l'air mal à son aise.

« Tu dis que le crâne t'a ordonné de venir ici ? Juste comme ça ? insista Peter.

— Mais oui.

— Installé sur ton bureau, il t'a vraiment parlé dans l'obscurité ?

— C'est un fait... A moins, bien sûr, que je n'aie rêvé, répondit Hannibal. Pourtant, comme j'étais bien éveillé, il y a peu de chances pour que j'aie imaginé tout ça. Dans un instant, quand je serai allé voir sur place, nous serons fixés. Si je ne suis pas de retour dans vingt minutes, venez me chercher, Hans et toi.

— Entendu, dit Peter. Tout de même, cette histoire me paraît plus que louche.

— Si un danger me menace, ajouta Hannibal, je crierai au secours aussi fort que je le pourrai.

— Soyez prudent, Hannibal, conseilla Hans dont le gros visage rond exprimait la sollicitude. Si vous avez besoin d'aide, nous serons là en un clin d'œil. »

Il fit saillir les biceps de ses énormes bras pour bien montrer que, en cas de nécessité, il n'hésiterait pas à enfoncer des portes afin de secourir Hannibal. Le chef des Détectives hocha gravement la tête.

« Je sais que je peux compter sur vous deux », déclara-t-il en sautant à terre.

En quelques enjambées, il rejoignit le petit porche, monta les marches du perron et tira la sonnette. Un certain temps s'écoula avant qu'il entendit quelqu'un venir.

La porte s'ouvrit. Un homme solidement bâti, au teint basané et à la lèvre supérieure ombragée d'une moustache, dévisagea le visiteur.

« Oui ? dit-il. Que désirez-vous, mon garçon ? Il n'y a plus de chambres à louer. Tout est complet. »

Il parlait avec un léger accent étranger qu'Hannibal n'aurait su définir. Le chef des Détectives prit cet air vaguement abruti qu'il affichait quand il voulait passer pour un gros balourd aux yeux des adultes.

« Je cherche monsieur Socrate, expliqua-t-il en utilisant le mot de passe.

— Ah ! » L'homme continua à le dévisager un bon moment avant de s'écarter pour lui céder le passage. « Entrez. J'ignore si M. Socrate est là ou non. Lonzo va voir. »

Hannibal entra et cligna les yeux. La pénombre qui l'entourait, succédant à la lumière du dehors, le rendait momentanément aveugle. Le vestibule était exigu et poussiéreux. Il s'ouvrait sur une vaste pièce où plusieurs individus étaient occupés à lire ou à jouer aux échecs et aux cartes. Tous étaient bâtis en force, comme le premier, avec des visages basanés et des cheveux très noirs. Tous levèrent les yeux pour regarder Hannibal d'un air indifférent.

Hannibal attendit. Finalement, son guide à la petite moustache reparut.

« Suivez-moi, pria-t-il. Zelda veut vous voir. »

Précédant Hannibal, il lui fit traverser la grande salle et l'introduisit dans une autre pièce qu'il quitta lui-même aussitôt, en refermant la porte derrière lui.

Une fois encore, Hannibal cligna les yeux. Cette pièce était claire et ensoleillée. Après la demi-obscurité de l'entrée, il fallut au jeune garçon une bonne demi-minute avant de distinguer la vieille femme assise dans un fauteuil à bascule.

Elle tricotait quelque chose et, sans cesser de faire aller ses aiguilles, regarda avec attention son visiteur à travers ses lunettes à l'ancienne mode.

La femme portait une robe longue aux couleurs agressives — jaune vif et rouge sang — et de gros anneaux d'or ornaient ses oreilles. Hannibal, qui l'observait de son côté, comprit tout de suite qu'il avait affaire à une gitane. Aux premiers mots qu'elle prononça il sut qu'il ne s'était pas trompé.

«Je suis Zelda, la Bohémienne, dit-elle d'une voix douce et soyeuse. Que désire le jeune homme? Qu'on lui dise la bonne aventure?

— Non, madame, répondit poliment Hannibal. C'est M. Socrate qui m'a demandé de venir ici.

— Ah! M. Socrate! répéta la vieille gitane. Mais M. Socrate est mort.»

Evoquant le crâne, Hannibal ne put nier que Socrate était mort, et bien mort.

«Et pourtant, il vous a parlé, murmura Zelda. Etrange. Très étrange. Asseyez-vous, jeune homme. Là! Devant la table. Je vais consulter le cristal.»

Hannibal prit place à une petite table de bois précieux incrusté d'ivoire formant des dessins bizarres. Zelda abandonna son fauteuil à bascule pour s'asseoir en face de lui. Elle prit, sous la table, un petit coffret d'où elle tira une boule de cristal. Après avoir posé la boule devant elle, elle fit un geste impératif de la main :

«Silence! souffla-t-elle. Ne dites rien. Cela troublerait le cristal.»

Hannibal acquiesça d'un signe de tête. La vieille bohémienne étendit ses mains sur la table et se pencha en avant pour regarder fixement la brillante boule de cristal. Elle se figea alors dans une parfaite immobilité. Elle semblait même avoir cessé de respirer. De longs instants s'écoulèrent. Enfin, elle parla :

« Je vois une malle, murmura-t-elle. Je vois aussi des hommes... beaucoup d'hommes qui désirent cette malle. Je vois aussi un autre homme. Il a peur. Son nom commence par un B... non, par un G. Il a peur et souhaite qu'on l'aide. Et c'est à vous qu'il demande cette aide. Le cristal s'éclaircit ! Je vois de l'argent... beaucoup d'argent. Un grand nombre de personnes veulent cet argent. Mais il est caché. Il est derrière un nuage, il s'évanouit, personne ne sait où il va... Le cristal s'assombrit. L'homme dont le nom commence par un G disparaît. Il ne fait plus partie du monde des hommes. Il est mort, et pourtant il vit. Je ne peux rien voir de plus. »

La vieille bohémienne, qui s'était penchée de plus en plus pour lire dans le cristal, se redressa avec un soupir.

« Consulter la boule de cristal demande un gros effort, expliqua-t-elle. Aujourd'hui, je suis incapable de vous en dire plus long. Ce que j'ai vu a-t-il une signification quelconque pour vous, jeune homme ? »

Hannibal réfléchissait, sourcils froncés.

« En partie, répondit-il. Au sujet de la malle, par exemple. Je possède une malle que des gens semblent vouloir s'approprier. Et la lettre G paraît désigner Gulliver. C'est-à-dire le Grand Gulliver, le magicien.

— Le Grand Gulliver ! murmura la gitane.

Oui, ce doit être ça! Il était l'ami des Bohémiens. Mais il a disparu.

— Vous avez dit qu'il ne faisait plus partie du monde des hommes, reprit Hannibal. Qu'il était mort mais que, pourtant, il vivait. Je ne comprends pas le sens de ces phrases. Que signifient-elles?

— Je n'en sais rien, avoua la Bohémienne en secouant la tête. Mais le cristal ne ment pas. Nous, gitans, nous voudrions retrouver Gulliver et le ramener parmi les hommes, car, je le répète, il était notre ami. Peut-être pouvez-vous nous aider. Vous êtes intelligent et, en dépit de votre jeune âge, vos yeux savent voir. Ils voient même des choses que des hommes mûrs ne distinguent pas.

— Je me demande de quelle façon je pourrais vous aider, soupira Hannibal. Je ne sais rien de Gulliver. Et, à part vous, personne ne m'a soufflé mot de cet argent caché. Je n'ai rien fait, qu'acheter la malle de Gulliver à une vente aux enchères. A l'intérieur, j'ai trouvé Socrate, le crâne parlant. Socrate m'a prié de venir ici. Voilà tout ce que je sais.

— Un long voyage commence toujours par un premier pas, dit la Bohémienne. A présent, partez et attendez. Peut-être en apprendrez-vous plus long. Gardez la malle en sûreté. Et si Socrate vous parle à nouveau, écoutez-le bien. Adieu!»

Hannibal se leva, plus intrigué que jamais, et s'en alla. Lonzo, le gitan moustachu, le reconduisit.

Peter et Hans attendaient dans l'estafette. Peter jeta un coup d'œil à sa montre de poignet.

« Tu sais, Hannibal, dit-il. Nous étions sur le point d'aller te chercher. »

Le chef des Détectives grimpa sur le siège à côté de son lieutenant qui ajouta :

« Je suis rudement content de te revoir. Alors ! Que s'est-il passé ?

— C'est assez difficile à expliquer, répondit Hannibal tandis que Hans démarrait pour rentrer. J'ai tout bien entendu, mais j'ignore ce que cela signifie. »

Il relata les événements des minutes précédentes. Peter siffla entre ses dents :

« Quelle histoire embrouillée et confuse ! soupira-t-il. Gulliver et cet argent qui est caché ! Gulliver qui est mort tout en étant en vie ! Je n'y comprends rien.

— Et moi pas davantage, avoua Hannibal. Il y a de quoi se poser des questions.

— Au fait ! s'écria brusquement Peter. N'y aurait-il pas un tas d'argent caché dans la malle de Gulliver ? Nous ne l'avons plus fouillée lorsque nous avons trouvé Socrate. Et s'il y a vraiment de l'argent dissimulé à l'intérieur, on comprend alors pourquoi tant de gens se disputent la possession de cette malle.

— Je viens d'avoir la même idée que toi, déclara Hannibal. Qui sait, ce n'est peut-être pas après Socrate que courent tous ces gens. Dès que nous serons rentrés, nous regarderons à fond cette malle... Que se passe-t-il, Hans ? Pourquoi forcez-vous ainsi l'allure ?

— Quelqu'un nous suit ! » répondit Hans en accélérant encore.

A présent, l'estafette bondissait sur la route. Le moteur donnait son maximum. Hans précisa :

« Une voiture noire avec deux hommes à bord... »

Peter et Hannibal se retournèrent pour regarder par la fenêtre arrière. Hans ne s'était pas trompé. Derrière eux, une voiture noire s'efforçait de les rattraper. Par chance, la route était libre. Aussi Hans maintint-il son véhicule en plein milieu, empêchant ainsi la voiture poursuivante de doubler.

Ils roulèrent de la sorte sur près d'un kilomètre avant d'arriver à une autoroute. Los Angeles possède de nombreux échangeurs qui permettent de dévier le trafic. Grâce à eux, les voitures évitent la cité embouteillée et peuvent filer à vive allure sans rencontrer aucun feu rouge. Une bretelle conduisant à l'autoroute s'offrait à Hans. Le Bavarois n'hésita pas.

« Je prends l'autoroute, annonça-t-il. Personne ne se risquera à nous arrêter au milieu d'une circulation aussi intense ! »

Tout en parlant, il avait braqué sur la droite et, sans presque ralentir, s'engagea dans la bretelle. En un clin d'œil, l'estafette eut gagné la voie rapide où roulaient des milliers de véhicules de toute sorte.

La voiture poursuivante n'essaya même pas de les suivre. Ses occupants avaient sans doute réalisé qu'il leur était impossible de les forcer à s'arrêter (si tel était leur projet) sur une autoroute bondée où tout arrêt, du reste, était interdit.

L'auto noire poursuivit la route normale et fut bientôt hors de vue.

Hans se félicita tout haut :

« Parfait ! s'écria-t-il joyeusement. Nous les avons semés ! N'empêche que j'aimerais bien retrouver ces gaillards-là, rien que pour cabosser un peu leurs vilaines têtes! Où allons-nous à présent, Babal?

— A la maison, Hans, s'il vous plaît, répondit Hannibal Mais qu'est-ce qui t'arrive, Peter? Tu as l'air tout drôle.

— C'est que j'apprécie de moins en moins notre aventure actuelle! maugréa le grand garçon. Un crâne qui parle au beau milieu de la nuit. Des gens qui essaient de faucher la malle. D'autres — ou les mêmes — qui nous poursuivent en voiture... Tout cela me rend nerveux. Je te conseille de laisser tomber toute l'affaire, mon vieux.

— Au point où nous en sommes, répliqua Hannibal, il serait difficile d'abandonner. Nous voilà enfoncés dans ce mystère-là jusqu'au cou, et il semble bien que nous serons forcés de l'éclaircir, que cela nous plaise ou non!»

Chapitre 7

Adieu, Socrate!

A peine de retour au *Paradis de la Brocante*, Hannibal et Peter furent embauchés par Mathilda Jones qui les tint occupés jusqu'à l'heure du déjeuner. Bob arriva à ce moment-là, ayant achevé sa demi-journée de travail à la bibliothèque municipale. Sitôt la dernière bouchée de dessert avalée, les trois garçons se réunirent dans l'atelier d'Hannibal où la vieille malle les attendait, toujours dissimulée sous la toile à matelas.

Hannibal ouvrit la séance en relatant les événements de la matinée, que Bob ignorait encore. Puis :

« Selon Zelda la Bohémienne, de l'argent aurait disparu d'une manière ou d'une autre, et cette disparition serait liée à celle du Grand Gulliver.

— Il a peut-être pris cet argent pour partir ensuite à l'étranger », suggéra Bob.

Hannibal secoua énergiquement la tête.

« Non, dit-il. Zelda m'a révélé qu'il avait besoin d'aide, qu'il ne faisait plus partie du monde des hommes, qu'il était mort et cependant vivant, et qu'elle et les autres gitans souhaitaient le voir revenir à une existence normale. Toute l'histoire est certainement confuse et embrouillée, mais j'en ai déduit que Gulliver n'avait pas disparu *avec* l'argent, mais *à cause* de cet argent.

— Peut-être a-t-il caché l'argent dans sa malle, suggéra à son tour Peter. Et peut-être des truands cherchent-ils à se l'approprier? Rappelez-vous ce que nous a dit Fred Brown! De louches personnages s'intéressaient à Gulliver juste avant sa disparition. Sans doute a-t-il tenté de leur échapper en s'évanouissant dans la nature.

— Mais pourquoi aurait-il laissé l'argent dans la malle? objecta Hannibal. Enfin, c'est une éventualité à envisager. Nous n'avons qu'à fouiller cette malle une fois de plus!»

Hélas! Une demi-heure plus tard, après avoir entièrement vidé la malle et passé au crible tout ce qu'elle contenait, les Trois jeunes détectives n'étaient pas plus avancés qu'auparavant.

«Et voilà! soupira Peter en conclusion. Rien!

— Une somme d'argent en gros billets, dit Hannibal, peut être dissimulée sous la doublure d'un bagage. Regardez... dans ce coin, là, à gauche, l'étoffe qui tapisse intérieurement la malle porte une légère déchirure.

— Tu crois que l'argent pourrait être caché là? demanda Bob. Le trou n'est pas assez grand.»

Tout en parlant, Bob s'était penché pour introduire son index dans la déchirure.

«Je sens quelque chose! s'écria-t-il tout ému.

Oui, oui! Il y a là un papier... peut-être un billet de banque!»

Avec mille précautions, il extirpa le papier qu'il avait touché et le montra à ses camarades.

«Ce n'est pas de l'argent, dit-il. Rien qu'une vieille lettre.

— Hum! murmura Hannibal. Voyons un peu... Elle est adressée à Gulliver, à son hôtel et, d'après le tampon sur l'enveloppe, date environ d'un an. Il l'a donc reçue juste avant de disparaître. Après en avoir pris connaissance, il a déchiré un coin de la doublure de sa malle pour l'y dissimuler. Cela prouve que la lettre avait une grande importance à ses yeux.

— Peut-être parle-t-elle de l'argent mentionné par Zelda, suggéra Bob, ou fournit-elle un indice à son sujet. Regarde vite, Babal! Je parie que cette enveloppe renferme une carte ou quelque chose comme ça!»

Avec Peter ils se rapprochèrent encore d'Hannibal qui, sous leurs yeux brillants de curiosité, tira de l'enveloppe un simple feuillet. Celui-ci ne portait que quelques mots manuscrits. Le chef des Détectives lut tout haut :

Hôpital de la Prison d'Etat
17 juillet

Cher Gulliver,

C'est ton vieux copain de cellule, Spike Neely, qui t'envoie ces lignes. Je suis actuellement à l'hôpital de la prison et il semble bien que je n'en aie plus pour longtemps à vivre.

Je peux encore tenir cinq jours, ou trois semaines, ou même deux mois. Les médecins ne savent pas au juste. Mais, de toute façon, voici le moment venu de nous dire adieu.

Si jamais tu vas à Chicago, va donc voir mon cousin Danny Street. Dis-lui adieu pour moi. Je voudrais t'en écrire plus long mais n'en ai guère la possibilité.

Ton ami
SPIKE

« Ce n'est qu'une lettre banale, soupira Peter, déçu. Une lettre envoyée par quelqu'un que Gulliver aura connu lors de son passage en prison. Elle n'a aucun intérêt.

— Qui sait ! dit Hannibal.

— Si elle était sans intérêt, fit remarquer Bob, pourquoi Gulliver aurait-il pris la peine de la dissimuler ?

— Très juste ! approuva Hannibal. Oui, pourquoi l'aurait-il cachée ? Tout porte à croire qu'il la jugeait importante, pour une raison ou pour une autre. »

Peter se gratta la tête.

« En tout cas, elle ne nous renseigne guère au sujet de cet argent disparu.

— Spike Neely se trouvait à l'hôpital de la prison quand il l'a écrite, dit Bob. Je crois que les lettres écrites par les prisonniers sont toujours lues par les autorités avant d'être expédiées. Aussi Spike ne pouvait faire mention de l'argent sans renseigner du même coup les autorités en question.

— A moins, avança Hannibal, qu'il n'y ait fait allusion de manière voilée.

— Tu veux dire... en rédigeant son message avec de l'encre invisible ou quelque chose dans ce goût ? demanda Peter.

— C'est une possibilité. Je propose que nous allions à notre quartier général pour y analyser cette lettre!»

Hannibal se dirigea vers la presse à imprimer que les trois amis avaient remise en état récemment. Juste derrière se trouvait une grille en fer appuyée contre le mur. Le chef des Détectives la déplaça, démasquant ainsi l'entrée principale du Q.G. Ce Tunnel Numéro Deux consistait en une bonne longueur de tuyau de fer à grand diamètre. Il s'étirait, plus ou moins enterré, sous une montagne d'objets de rebut, et conduisait juste au-dessus du quartier général des Détectives, autrement dit une antique caravane que Titus Jones avait jadis généreusement donnée à son neveu. Elle était entièrement dissimulée par les monceaux de vieilleries qui l'entouraient.

Le premier, Hannibal s'engagea dans le tunnel, suivi de Bob, puis de Peter. Tous trois cheminèrent ainsi, à quatre pattes, le long de la conduite dont le «plancher» était capitonné de morceaux de vieilles couvertures afin de rendre le parcours moins rude. Parvenus sous la caravane, les trois amis soulevèrent la trappe qui y donnait accès et se hissèrent à l'intérieur de leur Q.G.

Les Détectives avaient aménagé un minuscule laboratoire dans leur repaire secret. Ils possédaient un microscope et d'autres instruments de première nécessité. Ce laboratoire était si exigu qu'il n'y avait place que pour une seule personne à la fois. Aussi Hannibal y entra-t-il seul pour examiner la lettre, tandis que Peter et Bob attendaient sur le seuil de la petite pièce.

«Je ne trouve rien! annonça Hannibal au

bout d'un moment. Je vais maintenant essayer de déceler s'il s'agit d'une banale encre sympathique qu'on trouve facilement dans le commerce. »

Prenant un flacon d'acide, il versa un peu de liquide dans une coupe de verre. Puis il tint la lettre au-dessus des fumées de l'acide, en la déplaçant doucement. Aucun signe n'apparut sur le papier.

« C'est bien ce que je pensais, dit Hannibal. C'était peu probable qu'un prisonnier puisse disposer d'encre sympathique pour rédiger sa correspondance. Il aurait pu se procurer un citron, bien sûr ! Le jus de citron constitue la plus simple des encres invisibles. Quand on écrit avec, l'écriture ne se voit pas, mais si l'on chauffe le papier, les mots tracés avec le jus de citron apparaissent distinctement. Nous allons vérifier si Spike a usé de ce stratagème. »

Hannibal alluma un petit bec de gaz. Puis, tenant la lettre par les coins, il la promena lentement à quelque distance au-dessus de la flamme.

« Encore une fois, rien ! annonça-t-il bientôt. A présent, voyons l'enveloppe ! »

Mais tous les tests auxquels il soumit l'enveloppe furent négatifs. Hannibal était déçu.

« Il semble bien que ce message ne soit qu'une lettre ordinaire, soupira-t-il. Et pourtant, pourtant, après l'avoir reçue, Gulliver l'a cachée. Pourquoi a-t-il fait ça ?

— Peut-être pensait-il qu'elle contenait un indice, que lui-même a été incapable de trouver, suggéra Bob. Ecoutez ! Supposons que, lorsqu'il était en prison, ce Spike Neely lui ait parlé d'une somme d'argent cachée quelque part, mais sans lui révéler l'endroit. La raison de cette demi-confidence? Eh bien, Gulliver était son ami et Spike aura pensé que, s'il lui arrivait quelque chose, Gulliver pourrait bénéficier du secret. Plus tard, en recevant cette lettre de son compagnon de cellule mourant, Gulliver se dit que Spike la lui envoyait pour lui révéler, d'une manière voilée, la cachette du trésor. Mais, comme il n'arrivait pas à percer le mystère de la lettre, il dissimula celle-ci, se réservant de l'étudier de plus près par la suite.

— Ton raisonnement se tient, Bob! approuva Hannibal.

— Attends! Je n'ai pas fini. J'imagine que d'autres criminels, ayant connu Spike en prison, apprirent qu'il avait écrit à Gulliver. Ils pensèrent donc que Gulliver était au courant de l'argent et de sa cachette et se lancèrent aux trousses du magicien. Gulliver prit peur. Il n'osait s'adresser à la police pour la bonne raison qu'il n'avait rien de positif à lui dire. Affolé à la pensée que les truands pouvaient croire qu'il était au courant du secret de Spike et le tortureraient peut-être pour le faire parler, il ne songea plus qu'à échapper à ses poursuivants. C'est alors qu'il a choisi de disparaître. A votre avis, cela est-il possible?

— Très possible, Bob, déclara Hannibal. Je dirai même probable. Je suis persuadé que tout s'est exactement passé comme tu l'imagines. L'ennui, c'est que nous avons examiné la lettre sur toutes les coutures sans dénicher le moindre message secret. J'en déduis que Spike Neely n'a envoyé aucun message. Il n'a même pas essayé, sachant bien que sa lettre passerait par la censure de la prison.

— En attendant, dit Peter, il y a quelqu'un qui suppose que cette malle renferme un indice. Et des gens veulent à tout prix ce truc-là dans l'espoir d'y dénicher l'indice en question. Si nous ne voulons pas avoir d'ennuis avec les truands qui cherchent à mettre la main sur ce maudit bagage, nous ferions bien de nous en débarrasser au plus vite.

— Le conseil de Peter n'est pas si mauvais, opina Bob. Nous ne pouvons élucider le mystère, faute d'indices. Et si nous voulons éviter les ennuis, défaisons-nous de la malle. En somme, elle ne représente rien pour nous.

— Maximilien nous a demandé de la lui vendre, rappela Peter. Je propose que nous remettions Socrate dans la malle et que nous laissions M. Maximilien se débrouiller tout seul. Tenons-nous à l'écart de cette histoire. Il est trop dangereux d'y fourrer son nez. Qu'en penses-tu, Babal?

— Hum! fit Hannibal en se pinçant la lèvre. Zelda paraissait certaine que nous pouvions venir en aide à Gulliver; mais elle se trompe, c'est certain. Nous n'avons pas trouvé l'ombre d'un indice. Pas le moindre fil conducteur! Et deux hommes se sont lancés à notre poursuite ce matin, après ma visite à Zelda. Cela ne me plaît pas beaucoup.

— Alors, mon vieux?

— Alors, c'est entendu... Nous allons téléphoner à M. Maximilien puisqu'il est si désireux d'avoir la malle. Nous la lui donnerons telle que nous l'avons trouvée, après avoir remis dedans Socrate et les autres accessoires. Mais il est essentiel d'avertir Maximilien que de sinistres inconnus cherchent, eux aussi, à s'approprier la malle. Ainsi il ne sera pas pris au dépourvu. Et je n'accepterai pas ses cent dollars. Je me contenterai de lui en réclamer un seul... celui que j'ai déboursé à la vente aux enchères.

— Ce serait pourtant bien agréable de recevoir cent dollars, fit remarquer Peter.

— Sans doute, mais ce serait mal si cette malle est dangereuse, répliqua Hannibal. Je vais téléphoner à Maximilien dans un instant. Avant, je désire photographier cette lettre, pour la relire à loisir. Cela peut me donner de nouvelles idées, sait-on jamais!»

Hannibal, qui ne possédait pas d'appareil à photocopier, prit donc plusieurs photos de la lettre et de son enveloppe. Puis il appela le magicien qui, tout heureux, annonça qu'il allait venir sur-le-champ prendre possession de la malle. En attendant sa venue, Hannibal glissa la lettre originale là où il l'avait trouvée, sous la doublure, puis remit tout en ordre à l'intérieur du bagage. Avant de replacer le plateau, il ne restait plus que Socrate à glisser à sa place. Hannibal alla donc le chercher dans sa chambre.

A peine avait-il franchi la pièce qu'il aperçut sa tante Mathilda, comme pétrifiée et regardant le crâne d'un air horrifié.

«Hannibal! balbutia-t-elle. Ce... cet objet...»

D'un doigt tremblant, elle désignait la tête de mort.

«Oui, tante Mathilda?

— Cette chose affreuse! explosa brusquement la grosse femme. Sais-tu ce qu'elle vient de faire? Elle m'a dit : «Sottises!»

— Quoi! s'exclama Hannibal. Ce crâne t'a parlé?

— C'est la vérité vraie! Je suis venue ici faire

ta chambre et, en le voyant, j'ai dit tout haut : « Espèce d'horreur, j'ignore où Hannibal t'a dénichée mais je sais une chose : tu ne resteras pas sous mon toit. N'y compte pas ! Je ne te veux pas chez moi ! » Et alors... alors... ce crâne a prononcé « Sottises ! » aussi distinctement que je te parle en ce moment. »

Hannibal réprima un sourire.

« Il paraît que c'est un crâne parlant, expliqua-t-il. Il a appartenu à un magicien qui faisait avec lui un numéro sensationnel. S'il t'a dit « Sottises ! » c'était sans doute pour te faire une farce.

— Une farce ? Tu appelles cela une farce ? Une tête de mort qui ricane de toutes ses dents et te lance « Sottises ! » à la figure ? Je me moque pas mal que ce soit un crâne parlant ou un cheval parlant. Ce que je veux c'est que tu emportes immédiatement loin de ma vue ce répugnant objet. C'est mon dernier mot.

— D'accord, d'accord, tante Mathilda ! Je t'en débarrasse à l'instant. J'en avais du reste l'intention.

— Alors, c'est parfait ! »

Tout songeur, Hannibal retourna à l'entrepôt avec Socrate et son socle d'ivoire sous le bras. Il raconta à Peter et à Bob l'aventure de sa tante.

« Tout cela est de plus en plus mystérieux, déclara-t-il en conclusion. J'avoue que je n'y comprends pas grand-chose. Pourquoi Socrate a-t-il dit « Sottises ! » à tante Mathilda ?

— Il doit avoir le sens de l'humour, murmura Peter. Dépêche-toi de le fourrer dans la malle.

— Je me demande, dit Hannibal, si, après ce

nouvel épisode, nous ne ferions pas bien de conserver Socrate et la malle quelque temps encore.

— Oh, non!» s'écria Peter.

Attrapant Socrate d'une poigne ferme, il l'enveloppa de sa housse et le remit à sa place dans la malle.

« Ta tante, ajouta-t-il, t'a prié de la débarrasser de ce crâne et nous étions déjà convenus nous-mêmes de nous en défaire. Nous avons également décidé de le remettre à M. Maximilien. Comme ça, nous pourrons enfin travailler en paix. Je ne suis pas d'humeur à tenir conversation avec un crâne. Cette sorte de magie fait partie des mystères que je ne désire pas résoudre. Vu ? »

Il replaça le plateau de la malle, rabattit le couvercle et ferma le bagage à clé. Hannibal ouvrait la bouche pour répliquer quand il s'entendit appeler par Hans.

« Babal ! Hé ! Babal ! criait le grand Bavarois. Il y a là quelqu'un qui désire vous voir !

— Ce doit être M. Maximilien », souffla Bob.

Les trois amis se hâtèrent de gagner la cour du dépôt.

Bob ne s'était pas trompé. C'était bien le grand et maigre magicien qui les attendait là, sans prêter la moindre attention aux autres clients du bric-à-brac en train de circuler parmi les piles d'objets à vendre.

« Alors, mon garçon, s'écria Maximilien en voyant arriver Hannibal. Vous avez retrouvé la malle de Gulliver ?

— Oui, monsieur, répondit le chef des Détectives. Elle est à vous si vous désirez encore l'acquérir.

— Bien sûr, voyons! J'ai même assez insisté pour l'avoir! Tenez, voici l'argent... cent dollars!

— Il m'est impossible d'accepter cent dollars de cette malle, déclara Hannibal. Je l'ai payée un dollar. Donnez-m'en un dollar!

— Ça, alors! s'exclama le mage qui n'en croyait pas ses oreilles. Peut-on vous demander pourquoi vous vous montrez si généreux? Avez-vous retiré un objet de valeur de ce bagage?

— Non, monsieur. La malle est exactement dans l'état où nous l'avons trouvée. Mais un mystère l'entoure. D'autres que vous semblent la vouloir à tout prix. Il peut donc être dangereux de la posséder. Je me demande même si, au lieu de vous la céder, nous ne ferions pas mieux de la remettre à la police.

— Surtout pas, mon garçon! Peu m'importe le danger! Je suis assez grand pour prendre soin de moi. J'ai été le premier à me porter acquéreur de cette malle et j'insiste encore maintenant pour que vous me la donniez. Voici le dollar réclamé!»

Il allongea le bras, fit claquer ses doigts et, d'un geste rapide, sortit un dollar de l'oreille d'Hannibal.

«A présent, la malle est à moi! conclut-il. Allez me la chercher, voulez-vous?

— Bob! dit Hannibal. Veux-tu aider Peter à la porter jusqu'ici?

— Je suis tellement content de la voir partir, murmura Peter, que je l'aurais bien portée tout seul!»

Un instant plus tard, Bob et Peter reparaissaient, tenant chacun fermement une anse de la malle. Le magicien les pria de la placer sur la banquette arrière de sa voiture bleue, garée tout à côté de la grille. Les trois amis et Maximilien étaient si absorbés qu'ils ne remarquèrent pas deux hommes qui les épiaient à quelques pas de là.

Le mage s'installa derrière le volant.

« La prochaine fois que je donnerai une séance, promit-il aux Trois jeunes détectives, je vous enverrai des billets. Allons, au revoir et merci ! »

La voiture bleue s'éloigna. Peter laissa échapper un énorme soupir de soulagement.

« Adieu, mon vieux Socrate ! s'écria-t-il. Je parie que M. Maximilien espère découvrir le secret du crâne parlant pour l'utiliser à son profit. Grand bien lui fasse ! Nous voilà débarrassés de ce maudit crâne et de cette malle. Nous en avons fini avec eux et j'en suis bien content ! »

Peter n'aurait pas manifesté tant de joie s'il avait pu deviner à quel point il se trompait.

Chapitre 8

L'ennemi attaque

Le reste de la journée se passa sans aucun événement notable. Ce soir-là, en rentrant chez lui, Bob eut le plaisir d'y trouver son père. M. Andy, reporter attaché à un grand quotidien de Los Angeles, était souvent absent.

« Alors, Bob, dit M. Andy au cours du repas. J'ai vu ta photo dans un journal d'Hollywood! On y racontait l'histoire de ton ami Hannibal qui s'est rendu acquéreur d'une malle, à une vente aux enchères. Qu'avez-vous trouvé d'intéressant à l'intérieur ?

— Un crâne qui, paraît-il, aurait la faculté de parler, répondit Bob. Il s'appelle Socrate!

— Un crâne parlant appelé Socrate! s'écria Mme Andy. Eh bien, en voilà une invention! J'espère qu'il ne t'a pas fait de confidences?

— Non, maman, il ne m'a pas personnellement adressé la parole! »

Un instant, Bob fut tenté de révéler à ses parents que Socrate avait parlé à Hannibal. Mais, après réflexion, il s'en abstint. Il se félicita même de sa réserve quand, presque aussitôt, son père déclara :

« Il doit simplement s'agir de quelque subterfuge utilisé par l'illusionniste à qui ce crâne appartenait, Comment s'appelait-il, au fait ? Alexandre ?

— Gulliver ! rectifia Bob. Le Grand Gulliver.

— Je suppose que ce magicien était un excellent ventriloque, dit M. Andy. Qu'est-ce qu'Hannibal a l'intention de faire de ce crâne ? Il ne va pas le garder, non ?

— Non, non ! Il l'a vendu, expliqua Bob, à un autre magicien qui affirme avoir été très lié avec Gulliver. Il se fait appeler le mage Maximilien.

— Le mage Maximilien ? répéta M. Andy en fronçant les sourcils. Nous avons eu des nouvelles de lui au journal, juste au moment où je partais. Le pauvre diable a été victime d'un accident de voiture cet après-midi. »

Maximilien victime d'un accident de voiture ? Bob se demanda si le crâne parlant ne lui avait pas porté la guigne. La voix de son père l'arracha à ses pensées.

« Dis-moi, Bob, est-ce que cela te ferait plaisir de sortir à la voile dimanche prochain ? Un ami à moi nous invite tous à bord de son voilier pour une virée du côté de l'île Catalina.

— Chouette, alors ! » s'écria Bob, plein d'enthousiasme.

Du coup, il en oublia Maximilien et son accident. Il n'y pensait même plus le lendemain matin, quand il rejoignit Peter et Hannibal au *Paradis de la Brocante.*

Les trois garçons avaient du travail urgent à expédier : la remise en état d'une machine à laver que Titus Jones venait d'acheter. En prélevant des pièces sur une autre machine de même marque mais franchement hors d'usage, ils obtinrent un résultat digne d'éloges. Ils venaient tout juste d'achever leur tâche quand une voiture officielle de la police de Rocky pénétra dans la cour du dépôt. Assez surpris, ils en virent sortir l'athlétique chef de la police Reynolds qui se dirigea droit vers eux.

« Salut, jeunes gens! dit-il. J'ai des questions à vous poser. »

Son air grave frappa les Détectives.

« Des questions, monsieur? répéta Hannibal en haussant les sourcils.

— Oui. Au sujet d'une malle que vous avez vendue hier à un magicien du nom de Maximilien. Il a eu un accident de voiture alors qu'il regagnait son domicile. Une autre voiture a heurté la sienne et il a été blessé. Ses jours ne sont pas en danger, mais on a dû le conduire à l'hôpital où il restera un certain temps. Sur le moment, tout le monde a cru à un banal accident : la victime, inconsciente, ne pouvait raconter ce qui s'était passé. Quant aux responsables de l'accident, ils avaient pris la fuite... Ce matin, moins faible, Maximilien a pu parler. Selon ses dires, deux hommes, à bord d'une grosse voiture, lui ont fait une queue de poisson, l'envoyant ainsi dans le fossé. Ils lui ont alors volé la malle. En tout cas, celle-ci avait disparu quand nos services, alertés, se sont rendus sur les lieux pour conduire la voiture accidentée au garage.

— Autrement dit, conclut Hannibal, ces deux hommes ont volontairement causé l'accident de Maximilien pour le dépouiller de son acquisition.

— Hé oui! C'est en effet ce que nous pensons, avoua le chef Reynolds. Maximilien était d'ailleurs incapable de parler davantage. Le médecin ne l'aurait du reste pas permis. Il a simplement ajouté qu'il vous avait acheté cette malle, Hannibal, sans autre précision. Voilà pourquoi je me suis précipité ici. Voyons, que contenait la malle pour tenter à ce point quelqu'un?»

Hannibal échangea un rapide coup d'œil avec ses lieutenants.

«Eh bien, répondit-il, elle contenait surtout des vêtements et certains accessoires de scène. Le plus notable était un vieux crâne... censé pouvoir parler.

— Censé pouvoir parler? s'exclama le chef de la police, stupéfait. C'est une plaisanterie! Les têtes de mort sont généralement muettes.

— C'est vrai, monsieur. Mais celle-ci appartenait jadis à un autre magicien appelé le Grand Gulliver et...»

Il entreprit de relater toute l'histoire par le menu : comment il avait acheté la malle à une vente aux enchères, ce qu'ils avaient appris au sujet du Grand Gulliver, son bref emprisonnement et sa disparition quelque temps après sa libération.

Le chef Reynolds écoutait, front plissé, avec le plus grand intérêt.

«Cette histoire, déclara-t-il quand Hannibal eut terminé, est à coup sûr très fumeuse. Vous rêviez certainement quand vous avez cru entendre ce crâne vous parler dans l'obscurité de votre chambre.

— Sur le moment, je l'ai supposé moi aussi, monsieur. Mais quand je me suis rendu à l'adresse indiquée par Socrate, j'y ai trouvé Zelda la Bohémienne, qui semblait bien connaître Gulliver. Elle m'a affirmé qu'il avait quitté le monde des hommes. »

Le chef de la police soupira et sortit son mouchoir pour éponger son front moite.

« Et elle vous a parlé de cet argent caché quelque part... et elle a vu tout ça dans le cristal, hein ? marmonna-t-il. Eh bien, l'affaire est des plus étranges. Mais à propos de la lettre que vous avez trouvée dans la malle et replacée dans sa cachette... Vous dites que vous l'avez photographiée ? J'aimerais voir ces photographies.

— Oui, monsieur, dit Hannibal. Je vais vous les chercher. »

Il retourna en courant à son atelier, se glissa dans le Tunnel Numéro Deux et gagna en hâte le Q.G. des Détectives. De bonne heure, ce matin-là, il avait développé la pellicule impressionnée la veille et mis les épreuves à sécher. Il n'avait fait qu'un jeu de photos de la lettre et de son enveloppe mais, à partir des négatifs, il pouvait facilement en tirer des reproductions.

Hannibal mit sous enveloppe les épreuves sèches et alla rejoindre Reynolds à qui il les tendit. Le chef de la police étudia les documents avec attention, puis hocha la tête.

« Je crains que ce texte ne nous apprenne pas grand-chose, soupira-t-il. Enfin, je l'examinerai de plus près. Pour l'instant, j'estime plus urgent d'avoir un entretien avec cette gitane, Zelda. Je vous propose de m'accompagner jusque chez elle, Hannibal. Nous verrons ce qu'elle aura à dire. J'ai vaguement l'impression qu'elle en sait plus qu'elle ne vous en a révélé. »

Bob et Peter espéraient que le chef de la police les convierait, eux aussi, à faire partie de l'expédition. Hélas ! ce ne fut pas le cas. Hannibal se contenta de leur demander de le remplacer au mieux en son absence, puis grimpa dans la voiture officielle à côté de Reynolds. Le véhicule démarra aussitôt et prit la route de Los Angeles.

En chemin, Reynolds confia à Hannibal :

« C'est une visite officieuse que nous allons faire, mon jeune ami. Mais il est à craindre que notre Bohémienne reste plus muette qu'une huître et ne nous apprenne rien du tout. Les gitans sont des gens très secrets. Enfin, nous tenterons de lui extirper quelques renseignements. Je pourrais évidemment demander à la police de Los Angeles de coopérer avec nous, mais que lui dirais-je ? Zelda, jusqu'à preuve du contraire, n'a enfreint la loi en aucune façon. »

Après un bref silence pendant lequel il réfléchit, le chef ajouta :

« Quand je serai de retour à mon bureau, après cette démarche, j'ordonnerai une enquête au sujet de ce Spike Neely qui a écrit à Gulliver. Je veux tout savoir à son sujet... les personnes qu'il fréquentait et le reste. Il faut à tout prix découvrir ce qui se cache derrière les récents événements. Ce n'est pas sans raison précise qu'un couple de truands provoque un accident d'automobile pour voler une simple malle. Ces gars-là ont dû surveiller ce qui se passait au *Paradis de la Brocante.* Ils vous ont certainement vus charger la malle dans la voiture de Maximilien, puis ils ont suivi ce pauvre diable. »

Hannibal ne dit rien, et pour cause. A ce stade de leur aventure, le chef des Détectives n'avait aucune idée nouvelle et devait s'avouer qu'il nageait complètement.

La voiture de police filait à vive allure. Elle arriva rapidement à la rue, bordée de maisons minables, où habitait Zelda. Hannibal indiqua la façade lépreuse de l'immeuble dans lequel avait eu lieu sa rencontre avec la bohémienne. Le chef Reynolds atteignit le petit porche en trois enjambées et sonna avec force.

Avec Hannibal ils attendirent. Personne ne venait. Un nouveau coup de sonnette n'eut pas plus de résultat. Reynolds se rembrunissait à vue d'œil. Soudain, une vieille femme surgit de la maison voisine et les interpella :

« Si vous cherchez les gitans, dit-elle, ils sont partis !

— Partis ! s'exclama le chef de la police. Où sont-ils allés ?

— Qui sait où vont les gitans ! s'écria la vieille en ricanant. Ils ont plié bagage ce matin de bonne heure et ont filé dans leurs vieilles bagnoles déglinguées. Et sans dire un mot à personne ! Partis ! Comme ça !

— Tonnerre ! grommela le chef. Voici notre piste interrompue ! Ils ont senti d'où soufflait le vent et se sont éclipsés sans nous attendre ! »

Chapitre 9

La menace !

« La séance est ouverte ! » annonça Hannibal.

Bob Andy et Peter Crentch venaient de s'asseoir en face de leur chef. Les Détectives tenaient conseil dans le minuscule bureau de leur quartier général.

Hannibal frappa, d'un petit coup sec de son crayon, la table derrière laquelle il présidait. Ses lieutenants le regardèrent.

« Les Trois jeunes détectives, reprit Hannibal, doivent aujourd'hui discuter de leurs projets immédiats. L'un de vous a-t-il des suggestions à faire ? »

Comme ni Bob ni Peter ne bronchaient, il ajouta :

« Nous avons devant nous une journée entière de congé. Comment allons-nous employer notre temps ? »

Deux jours s'étaient écoulés depuis la visite du chef de la police Reynolds. Ces deux jours avaient été sans histoire. Les garçons n'avaient pas manqué de travail, s'occupant, de longues heures durant, à rafistoler des articles usagés que Titus Jones comptait revendre avec profit.

Personne n'était venu troubler leur tranquillité, au grand soulagement de Peter et de Bob qui n'étaient pas fâchés, pour une fois, de vivre dans une atmosphère paisible. Ils étaient particulièrement heureux d'être débarrassés du cas, troublant entre tous, du crâne parlant et de la malle mystérieuse.

« Oui, comment allons-nous employer cette journée de congé ? répéta Hannibal.

— Si nous allions faire un peu de plongée sous-marine ? proposa Peter. Le temps est idéal pour ça et nous n'avons pas plongé depuis au moins deux semaines. Nous allons finir par nous rouiller. »

Bob accepta la proposition avec enthousiasme.

« Tout à fait de l'avis de Peter ! s'écria-t-il. Il fait chaud. L'eau sera épatante. »

Juste à cet instant, le téléphone sonna.

Les Trois jeunes détectives sursautèrent et regardèrent fixement l'appareil. Ce téléphone, qu'ils payaient de leurs propres deniers, avec l'argent gagné par leurs menus travaux au *Paradis de la Brocante*, était au nom d'Hannibal. Peu de gens savaient que c'était le téléphone officiel des Trois jeunes détectives. Il ne sonnait pas souvent. Mais quand cela se produisait il s'agissait, en général, d'un appel important.

La sonnerie retentit pour la seconde fois. Hannibal décrocha le combiné.

« Allô ! fit-il, Ici, les Trois jeunes détectives. Hannibal Jones à l'appareil.

— Bonjour, Hannibal, répondit la voix du

chef de la police. J'ai appelé chez vous et votre tante m'a conseillé d'essayer ce numéro...

— Oui, monsieur?» répliqua Hannibal, immédiatement en alerte.

Grâce à un haut-parleur de l'invention du chef des Détectives, Bob et Peter pouvaient suivre la conversation téléphonique aussi bien que s'ils avaient eu eux-mêmes l'écouteur à l'oreille.

«Je vous avais dit, reprit Reynolds, que je me proposais de faire une petite enquête... Vous savez, à propos de cette lettre que vous avez photographiée, de son auteur, Spike Neely, et du Grand Gulliver! Eh bien, j'ai obtenu quelques résultats, Je ne parviens pas encore à comprendre ce que tout cela signifie, mais j'aimerais en causer avec vous. Pouvez-vous me rejoindre à mon bureau?

— Certainement, monsieur, affirma Hannibal avec empressement. Tout de suite?

— Pourquoi pas? Le plus tôt sera le mieux! Et ce matin, précisément je ne suis pas surchargé de travail!

— Nous serons là dans une vingtaine de minutes», promit Hannibal.

Il raccrocha et se tourna vers ses camarades.

«Voilà qui règle nos projets de la matinée, déclara-t-il. Le chef Reynolds a du nouveau!»

Peter poussa un gémissement :

«Oh, non! protesta-t-il. Nous lui avons dit tout ce que nous savions au sujet de cette histoire. En ce qui me concerne, je considère comme définitivement classé le cas de la malle et du crâne parlant. Terminé. Fini. Refilé à d'autres, si tu préfères. En tout cas, nous ne nous en occupons plus.

— Bien entendu, rétorqua Hannibal sans se troubler, tu es libre de ne pas m'accompagner. Je suis capable de me débrouiller seul, tu sais!»

Bob sourit. Le visage de Peter exprimait des émotions contradictoires. Il avait beau élever des objections, il ne voulait pas rester en marge des événements à venir.

Pour finir, il capitula.

«Bon, bon! Je vous suivrai! soupira-t-il. Les Trois jeunes détectives ne font pas le détail. Peut-être Reynolds ne nous retiendra-t-il pas longtemps et pourrons-nous encore aller plonger.»

Avec gravité, Hannibal frappa du crayon sur la table.

«La séance est levée! annonça-t-il. Partons!»

Après avoir prévenu Titus Jones qu'ils s'absentaient, les trois amis enfourchèrent leurs bicyclettes et pédalèrent jusqu'à Rocky.

Le bric-à-brac des Jones était situé un peu en dehors de la petite ville, mais il ne fallut pas longtemps au trio pour atteindre le poste de police, qui se trouvait dans le centre.

Après avoir rangé leurs vélos dans un parking pour deux-roues, les Détectives franchirent le seuil du poste. L'agent faisant office de réceptionniste leur fit bon accueil.

«Entrez directement! leur dit-il. Le chef vous attend dans son bureau!»

Ils longèrent un petit couloir et s'arrêtèrent devant une porte sur laquelle une plaque annonçait : «Chef de la police». Hannibal frappa et entra suivi de ses camarades. Le chef Reynolds, assis derrière son bureau, tirait pensivement des bouffées d'un gros cigare. D'un geste aimable, il indiqua des sièges à ses visiteurs.

« Asseyez-vous, jeunes gens ! »

Hannibal, Bob et Peter obéirent en silence puis attendirent, dissimulant avec soin leur impatience. Le chef tira encore une bouffée de son cigare avant de parler.

« Comme je vous le disais tout à l'heure, commença-t-il, j'ai obtenu quelques réponses à mes questions concernant Spike Neely. Vous saviez déjà que, pendant un certain temps, il avait été le compagnon de cellule de Gulliver. Mais ce que vous ignoriez, c'est que c'était un pilleur de banque.

— Un pilleur de banque ! s'exclama Hannibal.

— Parfaitement. En fait, c'est pour avoir dévalisé une banque de San Francisco, voilà environ six ans, que l'individu a été condamné à une peine de prison. Son hold-up lui avait rapporté cinquante mille dollars, en grosses coupures. Le caissier de la banque dévalisée, qui l'avait bien observé tandis qu'il lui remettait l'argent, n'avait pas les yeux dans la poche. Il remarqua certains détails physiques de son agresseur et, malgré le bas de nylon dissimulant le visage du voleur, sut en donner une description assez exacte. Neely eut beau se terrer, la police le retrouva au bout d'un mois et l'on fit son procès.

— Mais l'argent ? demanda Bob qui se doutait de la suite.

— Voilà le hic, avoua le chef de la police. L'argent, lui, ne fut jamais retrouvé ! Neely l'avait caché, et bien caché ! Du reste, il nia toujours l'avoir volé. Son but était clair : laisser le magot dans sa cachette jusqu'au jour où, ayant purgé sa peine, il le récupérerait et en jouirait tranquillement.»

Reynolds dévisagea son jeune auditoire, suspendu à ses lèvres, et continua :

«Reprenons un peu les faits depuis leur début! Il y a six ans, Spike Neely fut arrêté à Chicago, un mois environ après le hold-up de la banque. Il est probable qu'il sut trouver, à Chicago même, une cachette pour son butin. Par ailleurs, il n'est pas impossible non plus qu'il l'ait caché du côté de Los Angeles.

— Los Angeles?

— Oui. Il faut vous dire que la police a découvert qu'avant de se rendre à Chicago, Spike Neely avait passé une semaine, terré chez sa sœur, à Los Angeles. Cette sœur s'appelle Mme Miller : Mme Mary Miller. A l'époque, on l'interrogea bien sûr. Mais ce qu'elle révéla ne fut pas d'un grand secours aux enquêteurs. Cette femme est honorablement connue. Avant de recevoir la visite des policiers, la pauvre n'avait jamais soupçonné que son frère avait pu faire le hold-up d'une banque.

— Alors? souffla Hannibal, captivé par les révélations du chef Reynolds.

— Alors, pensant que Spike avait pu cacher l'argent chez Mme Miller avant de partir pour Chicago, la police fouilla la maison de fond en comble. En pure perte. Comme il était arrivé chez sa sœur le jour même où il avait commis son hold-up à San Francisco, il est certain qu'il avait alors l'argent sur lui. Voilà pourquoi la théorie officielle fut que Spike était parti dissimuler son butin à Chicago. Vu?»

Hannibal réfléchissait.

« Dans la lettre qu'il a envoyée à Gulliver, voici un an, rappela-t-il, il mentionne un cousin à lui : un certain Danny Street, de Chicago. Peut-être a-t-il laissé l'argent chez lui ? »

Le chef de la police hocha la tête.

« Les autorités de la prison y ont pensé, Hannibal. Comme vous vous doutez bien, elles ont pris connaissance de la lettre adressée à Gulliver et l'ont épluchée avec soin avant de la faire parvenir à son destinataire. A l'époque, elles sont entrées en contact avec la police de Chicago pour la prier de faire une enquête sur le dénommé Danny Street. Résultat de l'enquête en question : on ne trouva personne du nom de Street qui, de loin ou de près, fût en relation avec Spike Neely. »

Reynolds fit une pause et reprit :

« En fin de compte, on conclut que la lettre était sans mystère et on la posta. Mais, auparavant, on prit encore la peine de la passer au crible, pour le cas où quelque annotation aurait été ajoutée à l'aide d'une encre sympathique quelconque. Toutes ces analyses ne donnèrent rien.

— Moi aussi, déclara Hannibal, j'ai analysé la lettre et n'ai rien trouvé de suspect. »

A son habitude quand il réfléchissait intensément, le gros garçon tiraillait sa lèvre inférieure.

« C'est égal, murmura-t-il. J'ai idée que d'autres criminels, ayant eu vent de l'envoi de cette lettre, sont persuadés qu'elle contient des renseignements relatifs à la cachette du magot. C'est pour cela qu'ils se sont attachés aux pas du Grand Gulliver. Et celui-ci, s'étant aperçu que les malfrats étaient à ses trousses, a pris peur et a jugé bon de disparaître.

— A moins qu'on ne l'ait tué, dit le chef de la police d'une voix grave. Voyez-vous, il est évident que Gulliver n'a jamais trouvé l'argent. Mais quelqu'un a pu essayer de lui faire dire où il était caché et devenir fou de rage en n'obtenant aucun aveu... et pour cause! D'un autre côté, peut-être avez-vous raison... il peut avoir été pris de panique et cherché le salut dans la fuite, en laissant sa malle derrière lui.»

Hannibal réfléchissait toujours.

«Il a dû soupçonner que Spike Neely essayait de lui dire quelque chose dans sa lettre, déclara-t-il. Autrement, pourquoi aurait-il caché celle-ci? Voyons! Supposons qu'il ait disparu volontairement! Alors, les bandits qu'il traînait à ses trousses, rôdant toujours dans les parages, ont appris par les journaux que j'avais acheté la malle de Gulliver. Et ils se sont persuadés que cette malle contenait un indice permettant de retrouver l'argent volé...»

Reynolds se pencha en avant, l'air intéressé.

«Continuez, Hannibal! Votre raisonnement n'est pas sot du tout!

— Le soir même de la vente, poursuivit Hannibal, ces truands tentèrent de me reprendre la malle, mais n'y réussirent pas, pour la bonne raison que mon oncle Titus l'avait cachée. Ensuite, ils se mirent à surveiller mes faits et gestes. Ils étaient là, épiant ce qui se passait au *Paradis de la Brocante* et cherchant le meilleur moyen de dérober le précieux bagage, quand ils m'ont vu le vendre à M. Maximilien. Ils suivirent donc le magicien, l'obligèrent à faire halte en usant de la manière forte, et s'approprièrent enfin l'objet tant convoité!

— Car pour convoiter cette malle, on peut dire qu'ils la convoitaient! s'écria Peter. Et je suis rudement content que nous nous en soyons débarrassés à temps. C'est le pauvre Maximilien qui a écopé!»

Le chef de la police fit remarquer, avec un rien de sévérité dans la voix :

«Vous auriez dû m'apporter tout de suite cette malle... dès qu'elle vous a paru dangereuse.

— Nous en avons parlé à M. Maximilien, après l'avoir mis en garde, expliqua Hannibal. Mais il n'a rien voulu entendre. Il voulait la malle à tout prix, en dépit du danger qu'elle pouvait représenter. Bien entendu, nous étions à cent lieues de supposer qu'il serait victime d'un accident provoqué par ces misérables. Et puis, nous n'avions trouvé aucun indice dans la malle.»

Reynolds haussa les épaules avec philosophie.

«Ma foi, dit-il, ce qui est fait est fait. Inutile de revenir là-dessus. Mais notre conversation actuelle nous a conduits à un point important. Nous sommes tous d'accord, n'est-ce pas, pour conclure que ces truands pensent que la malle recèle quelque indice permettant de mener au trésor?

— Parfaitement d'accord, monsieur! répondit Hannibal au nom de tous.

— Eh bien, continua le chef de la police, à présent, ces criminels ont la malle en leur possession. Ils l'ont fouillée à fond. Et ils n'ont rien trouvé du tout. Alors, à votre avis, que peuvent-ils supposer?»

Hannibal fut le premier à saisir ce que signifiaient les paroles du chef Reynolds. Il eut du mal à avaler sa salive. Bob devina également ce que sous-entendait le chef et, voyant que Peter ne comprenait pas, expliqua avec volubilité :

« Ils supposent que nous détenons l'indice qu'ils n'ont pas trouvé ! Ils sont persuadés que nous l'avons retiré de la malle avant de céder celle-ci au mage Maximilien ! Bref, ils pensent que nous... que nous détenons la clé qui nous permettra d'accéder au butin !

— Nom d'un pétard ! s'écria Peter hors de lui. Mais c'est faux ! Nous ne détenons pas le moindre indice !

— Je le sais aussi bien que vous, coupa le chef de la police. Mais si ces tristes individus se sont mis dans la tête que vous possédez le moindre renseignement relatif à la cachette de l'argent, il est probable qu'ils reviendront pour vous obliger à leur livrer l'information. »

Les Trois jeunes détectives méditèrent un moment en silence. Et l'objet de leur réflexion n'avait rien de plaisant.

« Vous pensez donc que nous sommes encore en danger, monsieur ? questionna finalement Hannibal.

— Je le crains, mes amis ! répondit le chef de la police dont la mine restait grave. Aussi ai-je choisi de vous mettre en garde. Restez constamment sur le qui-vive. Si vous remarquez quelqu'un aux allures louches en train de rôder autour du *Paradis de la Brocante*, téléphonez-moi aussitôt. De même, si l'on se met en relation avec vous au sujet de cette malle, prévenez-moi sans attendre. Me le promettez-vous, jeunes gens ?

— Bien sûr que oui, monsieur, nous vous le promettons, répliqua Bob.

— Mais ce ne sera pas facile, corrigea Hannibal d'un air soucieux. Supposez qu'un groupe d'étrangers vienne au bric-à-brac en se présentant comme clients... Comment deviner s'il faut les soupçonner ou pas ? N'importe ! Si nous flairons un véritable suspect, nous vous le ferons savoir !

— Sur-le-champ... n'oubliez pas!» insista le chef de la police.

L'humeur soucieuse, les Trois jeunes détectives quittèrent le poste de police pour retourner à l'entrepôt.

Chapitre 10

Hannibal à l'œuvre

« Oh ! la ! la ! grommela Peter. Plus ça va et moins cette histoire me plaît ! J'ai horreur de penser que de sales bonshommes s'imaginent que nous détenons des indices que nous n'avons pas ! Inutile de me faire un dessin pour me montrer de quoi ils sont capables. S'ils se mettent en tête de nous obliger à parler... Avec des gens de leur espèce, nous n'arriverons jamais à leur faire entendre raison... »

Bob interrompit les jérémiades de son ami pour lancer cette remarque pleine d'amertume :

« Et nous qui pensions fuir les ennemis en nous débarrassant de la malle ! »

Puis, avec un soupir, il ajouta :

« As-tu des idées, Hannibal ? »

Les Trois jeunes détectives s'étaient retirés dans l'atelier du bric-à-brac. Tous arboraient une mine lugubre. La bonne figure ronde d'Hannibal se plissait sous l'effet de la réflexion.

« Je crains fort, avança le gros garçon, que ces bandits ne lâcheront prise qu'après avoir retrouvé le magot. Le meilleur moyen de résoudre notre problème est de dénicher nous-mêmes cet argent au plus vite et de le remettre à la police. Les journaux annonceront alors la nouvelle en première page. Nos ennemis, une fois au courant, nous laisseront tranquilles.

— Bravo, mon vieux Babal ! s'écria Peter avec ironie. Quel raisonnement merveilleux ! Pour retrouver notre sécurité, il nous faut retrouver un butin qui dort dans sa cachette depuis de nombreuses années ! Un butin que policiers et détectives n'ont pas été capables de repérer, en dépit de multiples recherches. Comme ce sera facile ! Aussi facile que de scier une bûche ! Dépêchons-nous de faire ça avant l'heure du déjeuner pour en avoir fini plus vite !

— Peter a raison, déclara Bob. Je veux dire... quelle chance avons-nous de mettre la main sur cet argent alors que nous n'avons pas le moindre fil conducteur pour nous guider jusqu'à lui ?

— Je reconnais que ce sera difficile, admit Hannibal. Mais je crois que nous devons essayer. Nous n'aurons pas la paix tant que le magot ne sera pas retrouvé. Par ailleurs, ne sommes-nous pas détectives ? Eh bien, voilà un beau défi à relever ! »

Peter ne répondit que par un gémissement.

« Comment allons-nous commencer notre enquête, Babal ? demanda Bob.

— Avant tout, déclara Hannibal en se concentrant, il faut nous assurer que l'argent est caché non loin d'ici, dans la région de Los Angeles. Evidemment, si la cachette se trouve à Chicago, nous n'aurons aucune possibilité de la découvrir. »

A en juger par l'expression de Peter, il était

évident que les recherches étaient d'avance vouées à l'échec, que ce fût à Chicago ou ailleurs!

«Ensuite, poursuivit le chef des Détectives sans prêter attention à l'attitude défaitiste de son lieutenant, nous nous efforcerons de retracer les faits et gestes de Spike Neely durant son séjour chez sa sœur. Cela signifie que nous devons nous mettre en rapport avec cette Mme Miller, la questionner et lui soutirer le plus de renseignements possibles.»

Bob objecta :

« Mais le chef Reynolds nous a expliqué que la police l'avait longuement interrogée à l'époque. Si les officiels n'ont rien pu en tirer d'intéressant, que pouvons-nous espérer de notre côté?

— Ça, je l'ignore, répondit Hannibal. Mais nous devons essayer. Mme Miller est le seul lien avec Spike Neely. Cette démarche sera sans doute un coup de bâton dans l'eau, mais il faut tenter le tout pour le tout, même si cela ne doit mener à rien. Peut-être aurons-nous l'idée de poser certaines questions auxquelles les policiers n'auront pas pensé!

— Ah! là! là! murmura Peter. Comme je regrette que tu aies lu cet article de journal annonçant la vente aux enchères! Enfin, ne revenons pas là-dessus... Partons-nous en guerre tout de suite, Babal?

— Pas avant...» commença Hannibal.

Il fut interrompu par la voix puissante de la tante Mathilda qui les appelait.

«A table, les garçons! A table! Venez vite pendant que c'est chaud!»

Peter sauta sur ses pieds.

« Voilà les premières paroles agréables qui frappent mes oreilles depuis le lever du soleil ! déclama-t-il comiquement. Allons manger ! Ensuite, tu nous exposeras ton plan, Hannibal ! »

Quelques minutes plus tard, les trois amis étaient assis dans la cuisine de la tante Mathilda. L'excellente femme s'empressa de leur servir de copieuses portions de mouton aux haricots. Titus Jones rentra peu de temps après et prit place à son tour à la table.

« Alors, Hannibal ! s'écria-t-il avec sa jovialité habituelle. Que fricotes-tu en ce moment ? Tu t'es fait des relations parmi les gitans, à ce qu'il semble ?

— Les gitans ? »

Hannibal sursauta et, levant les yeux de son assiette, interrogea son oncle du regard. De leur côté, Bob et Peter s'étaient immobilisés, leur fourchette à mi-chemin de leur bouche.

« Oui, expliqua Titus Jones. Deux gitans sont venus à l'entrepôt ce matin. Alors que vous étiez en ville, jeunes gens. Oh ! ils ne se sont pas annoncés comme étant des gitans et ils n'étaient pas vêtus comme des bohémiens, mais je suis certain de les avoir bien catalogués. Après tout, j'ai souvent été en contact avec ces gens-là lorsque je faisais partie du cirque. »

Dans sa jeunesse, M. Jones avait voyagé avec un petit cirque. Il distribuait les billets, se chargeait du boniment et, à l'occasion, jouait d'un instrument ou d'un autre.

« Ces gitans me cherchaient-ils ? demanda Hannibal.

— Je crois, en effet, que c'était toi qu'ils cherchaient ! reprit son oncle avec un sourire farceur. Ils m'ont déclaré avoir un message, envoyé par une personne amie, à transmettre au « gros garçon ». Je sais bien que tu n'es pas gros, Hannibal. Simplement bien en chair et musclé, mais, pour une raison que j'ignore, les gens te qualifient de gros. »

Hannibal négligea les taquineries de son oncle.

« Quel était ce message ? s'enquit-il.

— Il est assez énigmatique, répondit M. Jones. Voyons, que je me rappelle les mots exacts... Ah, oui ! Ces gitans ont dit : " Une grenouille dans une mare pleine de poissons affamés doit sauter très fort pour leur échapper. " Est-ce que cela a une signification pour toi, mon garçon ? »

Hannibal avala sa salive. Bob et Peter en firent autant, mais avec plus de difficulté. Ils sentaient une boule dure dans leur gorge.

« Eh bien, répliqua Hannibal, je ne sais pas trop... Peut-être est-ce un vieux proverbe gitan. Tu es certain que ces visiteurs étaient des gitans ?

— Absolument sûr, mon garçon. J'en ai vu suffisamment pour ne pas me tromper. Du reste, alors qu'ils repartaient, je les ai entendus discuter en romani... la langue des vieux tsiganes. Je n'ai pas tout compris, bien sûr, mais j'ai saisi distinctement les mots « dangers », puis « tenir l'œil ouvert ». J'espère bien que tu ne t'es pas fourré dans quelque histoire périlleuse, Hannibal ! »

Mathilda Jones, assise en face de son mari qu'elle venait de servir, gronda :

« Des gitans ! Hannibal ! Maintenant que tu t'es débarrassé de cette horrible tête de mort, ne viens pas me dire que tu es en cheville avec des romanichels!

— Non, non, tante Mathilda! protesta le chef des Détectives. Du moins... je ne pense pas.

— En tout cas, déclara Titus Jones, les deux qui sont venus ce matin à l'entrepôt semblaient bien disposés à ton égard, mon garçon!»

Et, là-dessus, il acheva de dévorer ce qui se trouvait dans son assiette pour la remplir de nouveau.

Les trois garçons finirent de manger en silence, puis retournèrent à leur quartier général. Peter fut le premier à parler, d'un ton lugubre :

«Ce message des gitans... " Une grenouille dans une mare pleine de poissons affamés doit sauter très fort pour leur échapper "! Cela signifie-t-il ce que je crois?»

Hannibal soupira.

«Hélas! oui. J'en ai peur, confessa-t-il. On nous adresse là un avertissement voilé. On nous invite à faire travailler dur nos méninges afin de résoudre un problème au plus tôt. Je voudrais bien savoir, cependant, ce que les gitans viennent faire dans cette histoire. D'abord, j'ai parlé à Zelda. Ensuite, Zelda et toute sa tribu ont disparu. Maintenant, deux gitans surgissent pour me transmettre un message de la part de quelqu'un qui me veut du bien. Je suppose que cette personne amicale n'est autre que Zelda elle-même. Je regrette qu'elle se montre aussi mystérieuse.

— Moi aussi, affirma Peter en soupirant encore plus fort qu'Hannibal.

— Voyons, qu'allons-nous faire à présent? demanda Bob.

— Pour commencer, rendre visite à la sœur de Spike Neely, décida Hannibal. Nous savons qu'elle habite Los Angeles. Nous trouverons peut-être son nom dans l'annuaire. »

Peter fit passer à son chef le gros volume dans lequel Hannibal découvrit une longue liste de Mary Miller. Sans se décourager, il empoigna le téléphone et appela le premier numéro inscrit. Quand il eut sa correspondante en ligne, il prit une voix profonde, qui pouvait très facilement passer pour celle d'un adulte, et demanda à parler à M. Spike Neely.

Les trois premières femmes qu'il appela ainsi répondirent qu'elles n'avaient jamais entendu prononcer le nom de Spike Neely. En revanche, la quatrième déclara d'un ton attristé que Spike Neely n'était plus de ce monde.

Hannibal prononça très vite « Merci, madame ! » et raccrocha sans, bien entendu, se nommer.

« Ouf ! dit-il alors à l'intention de ses camarades. Nous sommes enfin tombés sur la bonne Mme Miller. Elle habite Hollywood, dans un des vieux quartiers. Je propose que nous allions la voir sur-le-champ. Peut-être en tirerons-nous d'utiles informations ?

— Cette démarche n'aboutira à rien, grommela Peter qui persistait dans son humeur défaitiste. Que pourrait nous dire cette brave dame de plus que ce qu'elle a déjà dit aux policiers ?

— Je te répète que je n'en sais rien, mon vieux, répondit Hannibal. Mais n'oublie pas qu'une grenouille dans une mare pleine de poissons affamés doit sauter très fort pour leur échapper.

— Tu as raison, Babal, approuva Bob. Mais

comment nous rendre à Hollywood? C'est trop loin pour y aller à bicyclette.

— Je vais appeler l'agence de location de voitures et demander Warrington et la Rolls-Royce!» déclara le chef des Détectives.

Quelque temps plus tôt, Hannibal, dans un concours, avait remporté le premier prix : la libre disposition d'une magnifique Rolls pendant un mois. Par la suite, la générosité d'un client, que les Détectives avaient tiré d'affaire, leur permettait d'utiliser la voiture occasionnellement.

Hannibal appela donc l'agence de location. Hélas! Ce fut pour s'entendre répondre que la Rolls et Warrington, son chauffeur habituel, n'étaient pas disponibles cet après-midi-là!

« Tant pis! dit-il en raccrochant. Puisque nous ne pouvons pas avoir la Rolls, nous allons demander à l'oncle Titus de nous prêter Konrad et l'estafette. Le commerce marche au ralenti aujourd'hui et cela ne le gênera sans doute pas trop. »

Hélas! Hannibal avait fait preuve d'un optimisme exagéré. Si Titus Jones était d'accord pour donner satisfaction aux garçons, ce ne pouvait être cependant à la minute même.

Auparavant, Konrad devait aller faire une course avec l'estafette. La course risquait d'être un peu longue. Force fut aux Détectives de patienter. Pour tromper le temps, ils décidèrent de repeindre du vieux mobilier. S'étant installés dans un coin de l'entrepôt d'où ils pouvaient voir tous ceux qui entraient, les trois garçons manièrent le pinceau sans cesser de surveiller la grille. Mais aucun personnage suspect ne se montra.

Enfin, enfin! Konrad revint avec l'estafette. Après avoir aidé à décharger celle-ci, les Détectives s'entassèrent sur le siège, à côté du chauffeur, Bob sur les genoux de Peter. Et en route pour Hollywood!

La demeure de Mme Miller était un coquet bungalow ombragé d'un cocotier et de deux bananiers. Hannibal sonna à la porte. Presque aussitôt, une femme d'âge moyen, à l'air sympathique, leur ouvrit.

« Bonjour, dit-elle. Si vous venez pour un abonnement, je regrette de vous décevoir mais j'ai ce qu'il me faut comme magazines!

— Nous ne sommes pas des démarcheurs, madame, répondit poliment Hannibal. Puis-je vous remettre l'une de nos cartes de visite ? »

Tout en parlant, il tendait à son interlocutrice un des bristols officiels des Trois jeunes détectives. Mme Miller y jeta un coup d'œil et parut surprise.

« Des détectives, vous, mes enfants ? s'exclama-t-elle gentiment. Cela semble à peine croyable!

— Nous sommes certainement très jeunes, admit Hannibal, mais nous sommes tout de même détectives. Voici une autre carte qui nous accréditera auprès de vous, je l'espère. »

Cette fois, il tendait à Mme Miller un carton que le chef de la police Reynolds lui avait remis, lors d'une précédente enquête. On y lisait ces lignes :

Nous certifions que le porteur de ce mot est un détective volontaire coopérant avec les forces de la police de Rocky.

Toute personne est invitée à lui fournir l'aide qu'il pourrait demander.

SAMUEL REYNOLDS
Chef de la police

« Seigneur ! s'exclama Mme Miller avec un léger sourire. Voilà un document très convaincant. Mais quel est le sujet de votre visite ?

— Nous espérons que vous pourrez nous aider, répondit Hannibal avec franchise. Nous avons des ennuis en ce moment et certaines informations nous seraient précieuses. Des informations touchant votre frère, Spike Neely. C'est une histoire assez longue ! Si vous nous permettez d'entrer, je vous expliquerai de quoi il retourne. »

Mme Miller parut hésiter, puis ouvrit sa porte toute grande.

« Très bien, dit-elle. Vous semblez être des garçons convenables. Je comptais ne plus entendre parler de Spike, mais je tâcherai de vous aider. »

Quelques instants plus tard, assis avec Bob et Peter sur le divan de la salle de séjour de Mme Miller, Hannibal contait, du mieux possible, la curieuse suite d'événements qui les avait précipités dans l'aventure, à partir du jour où il avait acheté la vieille malle à une vente aux enchères.

Il ne souffla mot, toutefois, de Socrate, se disant qu'un crâne parlant était chose si extraordinaire que Mme Miller n'y croirait pas et qu'il risquait d'éveiller sa méfiance.

Hannibal arriva au bout de son récit :

« Ainsi, dit-il, il paraît évident que quelqu'un s'imagine que la malle de Gulliver renferme un indice au sujet de cet argent caché. Et, parce que cette malle a été un temps en notre possession, les truands qui courent après le magot pensent que nous connaissons maintenant la cachette du butin. Aussi nous craignons qu'ils ne nous obligent à révéler le secret de la cachette... alors que nous ignorons tout. Jugez dans quel pétrin nous nous trouvons!

— Seigneur, oui! Je l'imagine aisément! s'écria la brave femme. Mais je ne vois guère comment je pourrais vous être d'une aide quelconque! Je n'ai jamais rien su de cet argent, ainsi que je l'ai déclaré à la police au moment de l'enquête. Grand Dieu! Je n'aurais jamais cru possible que mon frère fût un criminel... jusqu'au jour où l'on est venu m'interroger à son sujet, après son hold-up!

— Si vous pouviez nous répéter ce que vous avez dit aux enquêteurs à l'époque, suggéra Hannibal, peut-être y découvririons-nous quelque indice?

— Ma foi, je veux bien essayer. Cela s'est passé il y a six ans, vous savez, mais je suis capable de me rappeler les faits clairement. Frank — c'était le prénom véritable de mon frère que ses amis appelèrent Spike par la suite[1] — avait quitté la maison à l'âge de dix-huit ans. Dès ce moment, nous n'eûmes guère l'occasion de nous fréquenter, lui et moi. De temps à autre, à de longs intervalles, il venait nous voir, mon mari et moi, et restait près de nous quelques jours. Mais jamais il ne nous soufflait mot de ses affaires. »

Une lueur de tristesse passa dans les yeux de Mme Miller qui soupira et poursuivit :

«Je comprends à présent qu'à chacune de

---

1. Spike = clou. Le surnom avait sans doute été donné à Frank en raison de sa maigreur (N.d.T.).

ses visites Frank se terrait à la suite de quelque mauvais coup. Mais, à l'époque, je pensais simplement qu'il avait la bougeotte et aimait voyager. Quand je lui demandais ce qu'il faisait, il me répondait qu'il était représentant de commerce. Je dois pourtant dire quelque chose en sa faveur : chaque fois qu'il séjournait chez nous, mon frère aidait mon mari dans son métier.

— Et que faisait votre mari ?

— Il était bricoleur. Il savait réparer un peu n'importe quoi, et fort habilement, ma foi. Les clients se disputaient ses services. Il savait aussi bien peindre une maison que poser du papier peint. Ou même faire un solide plancher. Ou encore installer une salle de bain. Certes oui, c'était un adroit ouvrier ! Et il gagnait beaucoup d'argent ! »

Elle fit une pause avant de poursuivre :

« Ainsi que je vous le disais, lorsque Frank — ou plutôt Spike puisque vous le connaissez sous ce nom — venait nous rendre visite, il mettait la main à la pâte et aidait mon mari, quelle que fût la besogne qu'il avait en train. Car mon frère était lui aussi très adroit. Pourtant, la dernière fois, il refusa d'accompagner mon époux chez les clients. Ses nerfs étaient à vif. Il sursautait au moindre bruit et ne mettait même pas le nez à la fenêtre.

— Il se cachait, bien sûr ! avança Peter.

— Hé oui ! Je ne m'en doutais pas alors. C'était juste après son hold-up de la banque de San Francisco. Ainsi, durant toute une longue semaine, Spike resta seul à la maison. Seul car, à l'époque, je travaillais moi aussi au-dehors. »

Elle fit une nouvelle pause pour mieux évoquer ses souvenirs. Hannibal la pressa doucement :

« Et alors ?

— Alors ? Oh ! Il cherchait tout de même à se rendre utile. Il occupa son temps en repeignant le rez-de-chaussée et en le tapissant de neuf. Vous savez ce que c'est... la femme du cordonnier est toujours la plus mal chaussée. Mon mari était un ouvrier tellement demandé qu'il en négligeait notre propre intérieur. Pauvre George ! Il se surmenait... »

Elle poussa un gros soupir et ajouta :

« Je crois bien que c'est le surmenage qui l'a tué. Il tomba malade alors qu'il était en train de refaire la décoration d'un restaurant. Tellement malade qu'il aurait été bien incapable d'achever son travail. Je demandai alors à Spike de terminer la besogne. Mon frère n'osa pas refuser. Mais je me rappelle que, chaque fois qu'il sortait, il portait des survêtements qui étoffaient sa silhouette et des lunettes noires qui dissimulaient ses yeux... Spike passa plusieurs jours à travailler au restaurant et, pendant ce temps, mon pauvre George ne cessait de décliner. Nous nous apprêtions à le faire hospitaliser quand il mourut soudainement. »

Mme Miller s'interrompit et essuya une larme avec son mouchoir.

« Je pensais, continua-t-elle, que mon frère resterait auprès de moi pour m'aider à passer ces moments difficiles. Eh bien, pas du tout ! Il s'en alla avant même les funérailles. Il me dit qu'il était obligé de partir en toute hâte, fit ses paquets en un tournemain et disparut. J'en fus stupéfaite. Plus tard, je compris...

— Comment cela? s'enquit Hannibal. Que voulez-vous dire?

— Je compris que ce qui avait effrayé Frank, c'était une notice nécrologique concernant mon mari, dans les journaux. Vous savez que, dans la chronique nécrologique, on mentionne toujours les parents du défunt. Ainsi, on me citait, moi, sa veuve, et aussi son beau-frère, Frank Neely, résidant sous son toit. Je pense que Frank craignit que son nom n'attirât l'attention de ses ennemis qui sauraient alors où le trouver. Aussi préféra-t-il s'éclipser.

— Je vois.

— Ensuite, je n'entendis plus parler de lui jusqu'au jour où la police vint m'annoncer son arrestation à Chicago et m'interroger à son sujet. Mais je ne pus dire grand-chose. Comme je vous l'ai signalé tout à l'heure, j'ignorais totalement que mon frère fût un voleur. »

Mme Miller avait achevé son récit. Mais Hannibal avait encore des questions à lui poser.

« Lorsque votre frère vous a quittée, demanda-t-il, a-t-il parlé de revenir vous voir?

— Je ne m'en souviens pas... Ah, pourtant, si! Cela me revient tout à coup... et encore parce que vous m'y faites penser! Spike m'a dit : « Mary! Tu n'as pas l'intention de vendre cette maison, n'est-ce pas? Tu habiteras toujours ici, afin que je sois toujours sûr de te joindre? »

— Et qu'avez-vous répondu, madame Miller?

— Je lui ai affirmé que je ne songeais nullement à vendre la maison et que je serais toujours là pour l'accueillir quand l'envie lui prendrait de me rendre visite. »

Hannibal, soudain rayonnant, annonça tout haut :

« Alors, je crois bien savoir où votre frère a dissimulé l'argent ! Vous dites qu'il est resté seul chez vous assez longtemps, alors que votre mari et vous-même travailliez au-dehors ! Dans ce cas, la logique veut que le seul endroit où il ait pu dissimuler le magot... c'est dans la maison elle-même ! »

Chapitre 11

Désagréable surprise

Bob et Peter regardèrent Hannibal d'un air ahuri. Bob fut le premier à faire remarquer :

« Mais voyons, Babal ! Le chef Reynolds nous a affirmé que la police avait fouillé la maison de fond en comble sans rien découvrir !

— Oh ! mais c'est que Spike Neely était un malin ! répliqua le chef des Détectives. Il a si bien caché l'argent qu'une fouille ordinaire ne permettait pas de trouver la cachette. Cinquante mille dollars en gros billets ne sont guère volumineux. Spike peut avoir dissimulé le magot dans la mansarde, sous le bord du toit... ou n'importe où ailleurs ! Il se proposait de revenir vous voir, madame Miller, quand la voie serait libre. Alors, il aurait récupéré le butin. Malheureusement pour lui, il fut arrêté par la police, incarcéré... et il mourut en prison.

— Tu as sûrement raison ! s'écria Bob plein d'enthousiasme. Spike a demandé à Mme Miller si elle pensait rester chez elle. Cela prouve bien qu'il comptait revenir.

— Et il a eu toute une grande semaine

pour trouver une bonne cachette, ajouta Peter avec tout autant d'enthousiasme que Bob. Une cachette tellement astucieuse que la police elle-même n'a pas réussi à la trouver. Mais toi, Babal, tu y arriveras, j'en suis certain ! »

Hannibal, déjà triomphant, se tourna vers Mme Miller.

« S'il vous plaît, demanda-t-il poliment. Nous autorisez-vous à jeter un coup d'œil chez vous ? Histoire de voir si nous pouvons repérer un endroit susceptible de constituer une bonne cachette ? »

Mme Miller hocha lentement la tête.

« J'ai suivi votre raisonnement avec intérêt, dit-elle. Il semble tout à fait valable. Mais si je vous donnais la permission de fouiller chez moi, cela ne vous mènerait à rien. Il n'y a pas d'argent caché dans cette maison... »

Et, devant l'air étonné des Détectives, elle précisa :

« Voyez-vous, ce bungalow n'est pas la maison que j'habitais à l'époque. J'ai déménagé il y a quatre ans. Je ne songeais certes pas à changer de domicile, mais quelqu'un m'a fait une offre si avantageuse que je n'ai pu refuser. J'ai donc vendu ma maison pour venir vivre ici. »

Hannibal, fort déçu sur le moment, se reprenait déjà. Il réfléchit à haute voix :

« Dans ce cas, il est fort possible que l'argent soit toujours à votre ancienne adresse ?

— Oui, fort possible, en effet ! acquiesça Mme Miller. Après tout, Frank était très rusé. Il peut très bien avoir imaginé une cachette propre à déjouer les recherches de la police. Autrefois, j'habitais 532, Danville Street. C'est donc là qu'il faudra vous rendre. »

Hannibal se leva.

« Merci, dit-il. Vous nous avez beaucoup aidés, madame Miller. Nous allons immédiatement mettre à profit les informations que vous avez eu la gentillesse de nous fournir. »

Les Trois jeunes détectives prirent rapidement congé de leur hôtesse. Courant droit à l'estafette où Konrad les attendait, ils y grimpèrent en hâte.

« Notre prochaine étape est le numéro 532 de Danville Street ! annonça Hannibal. Savez-vous où cela se trouve, Konrad ? »

Le géant blond consulta un plan fatigué de Los Angeles et de ses environs. Avec quelque difficulté, il finit par repérer Danville Street. C'était une rue plutôt longue, située assez loin par rapport à l'endroit où ils se trouvaient. Konrad hocha la tête d'un air de regret.

« Désolé, Hannibal, dit-il, mais je crois qu'il est temps de rentrer. M. Titus m'a recommandé de ne pas m'attarder ! »

Hannibal proposa un compromis :

« Ecoutez, Konrad ! Conduisez-nous simplement là-bas. Nous ne descendrons pas. Nous nous contenterons de contrôler l'adresse. D'ailleurs, il ne nous serait pas possible de débarquer comme ça, de pénétrer chez des gens inconnus et de fouiller leur demeure. Avant de rien entreprendre, nous devons rapporter au chef Reynolds ce que nous avons appris et ce que nous en avons déduit. »

Peter et Bob savaient qu'Hannibal aurait aimé découvrir lui-même le magot pour le remettre triomphalement aux autorités. Mais ils se rendaient bien compte que c'était irréalisable.

Cependant, Konrad, bon garçon, acquiesçait à la proposition du chef des Détectives.

« Entendu, dit-il. Nous rentrerons à Rocky en faisant un crochet par la rue qui vous intéresse ! »

Et là-dessus, il mit le moteur en marche.

A présent, les trois garçons avaient recouvré une partie de leur entrain habituel. Encore Peter ne put-il s'empêcher d'émettre certains doutes :

« En somme, Babal, nous n'avons aucune preuve que Spike Neely ait caché l'argent volé au domicile de sa sœur. »

Hannibal secoua la tête d'un air plein d'assurance.

« En bonne logique, ce ne peut-être que là,

Peter ! affirma-t-il. C'est exactement la cachette que j'aurais choisie si j'avais été Spike Neely. »

Après pas mal de tours et de détours, l'estafette s'engagea dans Danville Street.

« Roulez doucement, Konrad, s'il vous plaît, pria Hannibal, que nous ayons le temps de nous reconnaître... »

Le grand Bavarois obéit. Tendant le cou, les Détectives déchiffraient le numéro des maisons au passage.

« Nous approchons ! annonça Bob. Encore deux ou trois blocs et nous y serons ! »

La voiture continua de rouler entre de petites maisons bien entretenues, chacune entourée d'un coquet jardinet. Konrad ralentit encore pour permettre à ses jeunes passagers de mieux voir.

« Nous y sommes presque ! s'écria Bob. Je pense que le numéro que nous cherchons se situe à peu près au milieu de ce pâté de maisons. Et à droite, bien sûr, du côté des numéros pairs.

— Arrêtez-nous au milieu du bloc, voulez-vous, Konrad? demanda le chef des Détectives.

— Entendu, Babal!»

Presque aussitôt, il freina et fit halte.

«Ici, Babal?»

Hannibal ne répondit pas. Bouche bée, il contemplait un grand immeuble qui occupait presque toute la longueur du bloc, du côté des numéros pairs. Il n'y avait plus trace de jolis petits pavillons comme ceux vus précédemment.

«Le numéro 532 n'existe plus! murmura Bob d'une voix consternée. Cet immeuble porte le numéro 510.

— Il semble que nous ayons perdu une maison!» dit Peter dans un pitoyable effort pour faire de l'esprit.

Hannibal refusa de s'avouer vaincu.

«Poussez jusqu'au bloc suivant, s'il vous plaît, Konrad! pria-t-il. Peut-être allons-nous retrouver le numéro que nous cherchons.»

Hélas! Le pâté de maisons suivant alignait uniquement des numéros quatre cents et quelques. Pas de numéro 532 dans la rue Danville! Konrad s'arrêta de nouveau et regarda les garçons d'un air interrogateur.

«Pensez-vous que Mme Miller nous ait menti? demanda Bob. Peut-être n'a-t-elle jamais habité 532, Danville Street! Peut-être que, si nous retournions la voir, nous la trouverions en train de mettre sa maison en l'air dans l'espoir de découvrir la cachette aux cinquante mille dollars! Peut-être a-t-elle seulement cherché à se débarrasser de nous!

— Je ne crois pas, dit Hannibal. Je suis persuadé, au contraire, que Mme Miller nous a dit la vérité. Il est arrivé quelque chose au numéro 532, voilà tout. Attendez-moi un instant! Je vais essayer de me renseigner... »

Hannibal descendit vivement de l'estafette et disparut. Il revint au bout de quelques minutes, légèrement essoufflé.

« J'ai appris du nouveau, annonça-t-il. Je suis allé trouver le gérant du grand immeuble.

Il est sur place depuis sa construction. Il a été édifié voici bientôt quatre ans. Pour lui faire place, il a fallu déplacer les six maisons qui constituaient le bloc jusqu'alors.

— On a déplacé les maisons! s'exclama Peter qui n'en croyait pas ses oreilles. Et pour les mettre où?

— A Maple Street. Cette rue est située à environ trois blocs d'ici, parallèlement à banville Street. Les six pavillons étaient en excellent état et pas très grands. Aussi, au lieu de les démolir, les promoteurs ont préféré les transporter sur des emplacements vacants, dans Maple Street, et les installer sur de nouvelles fondations. Autrement dit, la maison de Mme Miller existe toujours... mais à un autre endroit!

— Quelle histoire! s'écria Bob. Une maison voyageuse! Comment allons-nous la retrouver? Car, certainement, elle ne porte plus le numéro 532! On lui en aura attribué un autre, que nous ignorons, celui-là! »

Hannibal fit remarquer avec calme :

« Nous pouvons toujours téléphoner à Mme Miller et lui demander de nous décrire son ancien domicile. Ensuite, nous nous rendrons à Maple Street et nous tâcherons de repérer le pavillon qui nous intéresse.

— Pas aujourd'hui en tout cas, soupira Bob. Il est beaucoup trop tard!

— C'est vrai, Hannibal, renchérit Konrad. Il faut rentrer à présent. Il est plus que temps! Nous ne sommes pas en avance et je risque de me faire attraper par le patron!

— Eh bien, nous nous mettrons en campagne demain, déclara Hannibal. En route, Konrad!»

Konrad remit son moteur en marche et démarra. Derrière lui une grosse voiture noire, arrêtée un peu plus loin le long du trottoir, démarra en même temps et prit l'estafette en filature. Ni les Détectives ni Konrad ne la remarquèrent. Ce fut aussi bien pour leur tranquillité d'esprit!

Il était presque l'heure de la fermeture lorsque le Bavarois et ses jeunes passagers arrivèrent au *Paradis de la Brocante.* Titus Jones les gronda un peu de leur retard, puis se tourna vers son neveu.

«Hannibal, mon garçon, un colis est arrivé pour toi en ton absence. Attendais-tu quelque chose?

— Un paquet! s'exclama Hannibal sans cacher sa surprise. Non! Je n'attendais rien. Qu'est-ce que c'est, oncle Titus?

— Je n'en sais rien. L'envoi est emballé dans un carton énorme. Il porte ton nom et ton adresse. Alors, bien entendu, je ne l'ai pas ouvert. Tiens! Le voilà, dans ce coin, près de l'entrée du bureau.»

Les trois garçons se précipitèrent vers le gigantesque paquet. Le solide carton constituant l'emballage était scellé par plusieurs bandes de fort papier adhésif. Une étiquette collée dessus révélait que le colis avait été expédié en express de Los Angeles, mais il n'y avait pas le nom de l'expéditeur.

« Nom d'un pétard ! s'écria Peter, très intrigué. Qu'est-ce que cela peut bien être ?

— Nous le saurons quand nous l'aurons ouvert, déclara Hannibal, non moins intrigué que son lieutenant. Aide-moi à le transporter jusqu'à l'atelier. Nous l'ouvrirons là-bas. »

Non sans peine, les deux amis charrièrent l'énorme carton, entre les piles d'objets de rebut, jusqu'à l'atelier dont l'isolement les mettait à l'abri d'éventuels regards indiscrets.

Le chef des Détectives tira de sa poche un magnifique couteau à plusieurs lames, trancha vivement les bandes de papier adhésif et ouvrit le haut du carton. Alors, les trois garçons restèrent pétrifiés et vaguement effrayés en face de ce qu'ils découvraient.

« Oh, non ! gémit Peter. Pas ça ! »

Hannibal lui-même resta interloqué un moment. Puis il constata tout haut l'évidence :

« Quelqu'un nous a renvoyé la malle de Gulliver ! »

Ils ne pouvaient détacher leurs yeux du dessus de la malle dont ils avaient bien espéré être débarrassés pour toujours. Et comme ils étaient là, immobiles et consternés, une voix étouffée leur parvint de l'intérieur de la malle :

« Vite ! disait-elle. Trouvez... l'indice ! »

Socrate ! C'était Socrate qui s'adressait ainsi aux Trois jeunes détectives sidérés !

Chapitre 12

Des indices!

« Bon! Et maintenant, qu'allons-nous faire? » demanda Peter d'un air morne

On était au lendemain des événements précédents, un samedi en fin d'après-midi. Les Trois jeunes détectives tenaient conseil au fond de l'entrepôt. La veille au soir, ils ne s'étaient pas senti le courage d'élucider le mystère du retour de la malle. Sa réapparition inattendue les avait secoués.

Ils s'étaient donc contentés de cacher le bagage derrière la presse à imprimer, puis étaient tombés d'accord pour ne rien faire jusqu'au jour suivant.

Ce samedi, M. et Mme Jones avaient décidé de le passer à Los Angeles. En leur absence, Hannibal était chargé de tenir le bric-à-brac. Pour l'instant, les affaires étant calmes, le gros garçon avait rejoint Bob et Peter.

Réunis autour de la malle de Gulliver, ils la regardaient indécis. Peter répéta sa question :

« Qu'allons-nous faire?

— C'est tout simple, répondit Bob. Nous

allons remettre ce diabolique colis au chef Reynolds, lui raconter tout ce que nous avons appris, et le laisser se débrouiller avec cette histoire.

— Excellente idée! approuva Peter avec chaleur. Qu'en dis-tu, Babal?

— L'idée n'est pas mauvaise, c'est sûr, admit Hannibal en traînant sur les mots. Mais il y a un os! C'est que nous n'aurons pas grand-chose à révéler à Reynolds. Nous *pensons* que Spike Neely a caché l'argent volé dans la maison de sa sœur... mais ce n'est qu'une supposition. Nous ne pouvons rien prouver.

— Mais l'hypothèse est plausible! s'écria Bob. Ton raisonnement se tient, Hannibal! Spike Neely s'est réfugié chez sa sœur le jour même où a eu lieu le hold-up de la banque de San Francisco. Il devait donc avoir l'argent avec lui. Comme il redoutait d'être pincé, il a sans aucun doute dissimulé le magot avant de se remettre en route. Il estimait son argent en sûreté et se promettait bien de revenir le chercher plus tard, dès qu'il en aurait la possibilité.

— D'ailleurs, coupa Peter, s'il n'a pas caché le butin chez sa sœur, nous ignorons dans quelle autre cachette il peut être et sommes incapables de la dénicher. Confions donc l'affaire à la police.

— Hier, rappela Hannibal, Socrate nous a parlé.

— Je ne suis pas près de l'oublier, assura Peter en frissonnant. Ça ne m'a pas plu du tout.

— Il faut reconnaître que c'était assez impressionnant, opina Bob.

— Impressionnant ou pas, il nous a parlé! insista Hannibal. Pour le moment, je me soucie peu de découvrir comment. Il nous a dit de nous hâter de trouver l'indice. C'est donc qu'il existe bel et bien un indice dans cette malle... même si nous n'avons pas été assez malins pour le découvrir jusqu'ici. »

Mais Peter ne renonçait pas à son idée :

« Si l'indice existe vraiment, le chef Reynolds saura bien mettre le doigt dessus avec, au besoin, l'aide des laboratoires de la police qui examineront la malle sur toutes les coutures. Et puis, ce ne sera peut-être pas nécessaire de la passer au peigne fin, s'il peut situer l'ancienne maison de Mme Miller, dans Maple Street, il procédera à une fouille officielle et exhumera le magot, c'est certain ! »

Hannibal finit par se laisser convaincre.

« Tu as raison, dit-il. Suivons donc la voie de la sagesse. Mais auparavant téléphonons à Mme Miller pour lui demander de décrire son ancien pavillon. Comme ça, nous pourrons renseigner utilement le chef Reynolds.

— D'accord ! concéda Peter. Grimpons à notre Q.G. !

— Un instant ! » réclama Hannibal.

Le gros garçon alla retrouver Hans et Konrad. Constatant qu'ils pouvaient fort bien se débrouiller avec les derniers clients de la journée, il se sentit l'esprit plus libre et courut rejoindre ses camarades. Tous trois s'engagèrent dans le Tunnel Numéro Deux.

Une minute plus tard, ils débouchaient dans leur quartier général. Le chef des Détectives releva le numéro de Mme Miller dans l'annuaire et le composa sur le cadran. Dès qu'il eut sa correspondante au bout du fil, il lui posa la question qui l'intéressait.

« A quoi ressemble mon ancien pavillon ? répéta Mme Miller, un peu surprise. Eh bien, à mon avis, le mieux est que vous alliez le voir au 532 de Danville Street, vous ne croyez pas, mon jeune ami ? »

Hannibal lui apprit alors que sa maison avait été déplacée pour permettre la construction d'un immeuble de rapport. Elle en eut le souffle coupé.

« Un immeuble de rapport ! s'exclama-t-elle. Pas étonnant que mon acquéreur m'ait fait une belle offre. C'était sans doute le promoteur ! Si j'avais su, j'aurais pu obtenir un prix supérieur... Bon, n'en parlons plus ! Comment était mon pavillon ? Très joli, avec une décoration en galets bruns. Il n'avait qu'un étage, mais possédait aussi une mansarde éclairée par un œil-de-bœuf. A part cela, il n'avait rien de spécial... juste un joli petit bungalow.

— Je vous remercie, dit Hannibal. Je suis certain que les autorités sauront le repérer. »

Il raccrocha le combiné et regarda ses deux amis.

« Plus j'y réfléchis, déclara-t-il, et plus je suis persuadé que l'argent volé est bien caché à l'ancien domicile de Mme Miller, d'une manière particulièrement astucieuse. Tout comme je suis persuadé que la malle contient un indice révélateur.

— Même si c'est le cas, jeta Peter d'une voix ferme, j'en ai par-dessus la tête de cette malle ! Je ne veux plus en entendre parler ! Voyez ce qui est arrivé au mage Maximilien ! Maintenant, quelqu'un nous a renvoyé ce satané bagage et je n'en veux pas. Il est trop dangereux. Que le chef Reynolds se débrouille seul !

— Ma foi, nous sommes tombés d'accord pour coopérer avec la police, admit Hannibal. Je cède donc. Refilons la malle à Reynolds. Je vais lui annoncer notre visite immédiate!»

Le chef des Détectives décrocha de nouveau le combiné du téléphone et appela le poste de police.

Une voix inconnue, assez peu aimable, lui répondit :

«Ici le bureau du chef Reynolds. Le lieutenant Carter à l'appareil! J'écoute.

— Ici Hannibal Jones. Pourrais-je parler au chef, s'il vous plaît?

— Il est absent et ne sera pas de retour avant demain, annonça d'un ton sec le lieutenant Carter. Vous n'aurez qu'à rappeler dans la matinée.

— C'est que j'ai quelque chose d'important à lui communiquer, expliqua Hannibal. Vous comprenez, je crois que nous tenons une piste... »

La voix impatiente du lieutenant l'interrompit.

«Peu importe, mon garçon! Je suis très occupé et, en plus, je déteste avoir des gamins dans les jambes. Le chef est libre d'accepter que vous fourriez votre nez dans certaines affaires. Mais moi, personnellement, j'ai horreur de perdre mon temps avec des jeunes de votre espèce.

— Mais le chef m'a demandé de... » commença Hannibal.

De nouveau, son interlocuteur lui coupa la parole.

« Téléphonez-lui demain, c'est tout ce que je peux vous dire!»

Un bruit sec, à l'autre bout du fil, apprit aux Détectives que Carter avait raccroché.

Hannibal, de son côté, remit en place le combiné, puis regarda Peter et Bob d'un œil morne.

Peter émit un gloussement amusé :

« Mon petit doigt me souffle à l'oreille que le lieutenant ne nous aime pas beaucoup.

— Il a l'air de n'aimer personne. Et surtout pas les jeunes ! » ajouta Bob.

Hannibal poussa un gros soupir.

« Il réagit comme la plupart des adultes, qui estiment que, parce que nous sommes des enfants, nous n'avons pas de cervelle. Et pourtant, nous observons souvent le problème sous un angle neuf... En attendant, nous voici obligés de remettre à demain la livraison de la malle au chef Reynolds. Mais non, pas demain, car demain, c'est dimanche. Puisque la fatalité nous impose un délai, profitons-en pour fouiller une fois de plus la malle de Gulliver et tâchons de dénicher cet indice signalé par Socrate.

— J'en ai assez de cette malle, déclara solennellement Peter. J'en ai assez de Socrate. Je lui interdis de m'adresser de nouveau la parole.

— Je crois qu'il ne nous parlera jamais plus, répliqua Hannibal. Avez-vous remarqué qu'il semble ne jamais vouloir converser au grand jour ? Il m'a parlé dans l'obscurité dans ma chambre, puis de l'intérieur de la malle... jamais directement.

— Il a tout de même dit "Sottises !" à ta tante, rappela Bob.

— C'est vrai. Je ne m'explique pas pourquoi, reconnut Hannibal. Tout de même, ouvrons la malle et jetons un coup d'œil à l'intérieur. Peut-être en a-t-on retiré quelque chose avant de nous la retourner. »

Les Trois jeunes détectives refirent en sens inverse le parcours du Tunnel Numéro Deux et ouvrirent la malle. Tout, à l'intérieur, était exactement tel qu'ils l'avaient rangé. Socrate, bien entortillé dans son velours violet, était douillettement blotti dans son coin... et la lettre toujours à sa place, sous la doublure.

Hannibal sortit Socrate, le débarrassa de sa housse et le dressa, avec son socle, sur la presse à imprimer. Puis il prit la lettre.

« Relisons-la ! » décida-t-il.

Les Trois jeunes détectives se penchèrent donc une fois de plus sur la brève missive. Et, une fois de plus, elle leur parut sans mystère.

Hôpital de la Prison d'Etat
17 juillet

Cher Gulliver

C'est ton vieux copain de cellule, Spike Neely, qui t'envoie ces lignes. Je suis actuellement à l'hôpital de la prison et il semble bien que je n'en aie plus pour longtemps à vivre.

Je peux encore tenir cinq jours, ou trois semaines, ou même deux mois. Les médecins ne savent pas au juste. Mais, de toute façon, voici le moment venu de nous dire adieu.

Si jamais tu vas à Chicago, va donc voir mon cousin Danny Street. Dis-lui adieu pour moi. Je voudrais t'en écrire plus long, mais n'en ai guère la possibilité.

Ton ami
SPIKE

« S'il y a un indice quelconque là-dedans,

marmonna Hannibal, je suis bien incapable de le trouver. Je me demande si... Hé! Attendez! Il me vient une idée... Regardez!»

Il tendit la lettre et son enveloppe à Bob.

«Vois-tu ce que nous avons négligé?»

Bob le regarda sans paraître comprendre.

«Non, avoua-t-il. Je ne vois rien de spécial.

— Les timbres sur l'enveloppe! précisa Hannibal. Nous avons oublié de vérifier si un message n'était pas dissimulé dessous!»

Bob considéra les deux timbres, assez jolis, émis à l'époque, à l'occasion d'une exposition agricole quelconque. L'un, qui célébrait l'élevage, était de deux *cents.* L'autre, en l'honneur de l'agriculture, de quatre *cents.*

Le jeune garçon s'empara de l'enveloppe, la palpa doucement. Soudain, son visage s'illumina.

«Babal! s'exclama-t-il. Tu as raison! Il y a quelque chose sous l'un de ces timbres. Celui de quatre *cents* me semble un peu plus épais que celui de deux!»

Peter, à son tour, tâta les timbres et fut du même avis que Bob. Le timbre de quatre *cents,* représentant un laboureur en plein effort, était légèrement plus épais que l'autre... mais insuffisamment pour le découvrir à l'œil nu.

«Allons vite au Q.G. et décollons ces timbres à la vapeur! s'écria Bob. Nous saurons alors à quoi nous en tenir!»

Une fois de plus, ils se précipitèrent dans le Tunnel Numéro Deux. Trois minutes plus tard, une petite bouilloire chantait dans le laboratoire. Hannibal tint l'enveloppe au-dessus de la vapeur et bientôt les timbres se décollèrent. Alors, un cri de joie lui échappa :

« Regardez! Il y a un autre timbre sous celui de quatre *cents.* Un timbre vert de un *cent*!

— Voilà qui est étrange! murmura Bob, le front plissé par la réflexion. Qu'est-ce que cela signifie, à ton avis, Hannibal?

— Je vais te le dire, moi, ce que ça signifie, annonça Peter. Il n'y a rien de mystérieux là-dedans. Rappelez-vous qu'à l'époque où cette lettre a été postée l'affranchissement venait d'augmenter d'un *cent.* Spike Neely a sans doute commencé par coller son timbre de un *cent*, qu'il avait acheté en supplément, puis les deux autres, correspondant à un affranchissement normal. Sans le faire exprès, il aura collé l'un de ceux-ci sur le premier.

— C'est possible, admit Bob. Qu'en penses-tu, Hannibal? Après tout, Spike écrivait de l'infirmerie, dans son lit, et il a très bien pu coller maladroitement ses timbres.

— Je me le demande!» marmonna le chef des Détectives.

Il continuait à regarder fixement le timbre vert. Soudain, d'un geste précautionneux, il le décolla.

«Peut-être y a-t-il quelque chose d'écrit dessous, murmura-t-il.

— Non! annonça Bob après avoir examiné le timbre. Pas trace d'écriture! Et rien non plus au dos des autres timbres. Alors, Babal?

— Les deux timbres ont été collés trop exactement l'un sur l'autre pour que ce soit l'effet d'un pur hasard, estima Hannibal dont le cerveau était en pleine ébullition. Cela doit signifier quelque chose, je le sens!

— Quelque chose! Mais encore?

— Ecoutez! Spike savait forcément que sa

lettre serait censurée. J'en déduis qu'il a utilisé les timbres pour envoyer son message. Il a collé un timbre sur un autre, avec tant de précision que cela ne pouvait être remarqué. Il supposait que Gulliver examinerait son envoi avec la plus extrême attention et découvrirait l'astuce. J'en déduis encore que, le timbre d'un *cent* étant vert et le vert étant la couleur des billets de banque des Etats-Unis, ce timbre est là pour représenter les cinquante mille dollars volés. Et ce que Spike voulait faire savoir à Gulliver... »

Il s'interrompit pour mieux réfléchir. Mais déjà Bob poussait un cri :

« J'y suis! hurla-t-il. Un timbre est un morceau de papier, n'est-ce pas? L'argent est également du papier. Spike a mis un morceau de papier sous un autre morceau de papier. Il voulait ainsi indiquer à Gulliver que l'argent était dissimulé quelque part, sous du papier! »

Avec une animation grandissante, il expliqua encore :

« Mme Miller nous a raconté que, quand Spike se terrait dans son ancien pavillon, il avait retapissé tout le rez-de-chaussée! C'est alors qu'il aura caché les cinquante mille dollars, pour sûr! Il a placé les gros billets les uns à côté des autres et a collé le papier peint pardessus!

— Eh bien, mon vieux! s'exclama Peter en regardant Bob d'un air admiratif. Tes déductions sont remarquables. Cela me remet en mémoire une histoire que j'ai lue jadis. Il s'agit d'une nouvelle policière de Robert Barr. Un des personnages, lord Chizelrigg, camoufle un tas d'or en transformant celui-ci en minces feuilles d'or qu'il dissimule sous du papier de tapisserie. Le principe est le même. Seulement, le papier-monnaie est encore plus facile à dissimuler.

— Attendez! Je pense à autre chose! dit brusquement Bob. Mme Miller nous a parlé d'un travail que Spike Neely avait achevé à l'extérieur, à la place de M. Miller. Et si c'était là qu'il avait caché son butin?»

Hannibal secoua la tête.

«Je ne crois pas, déclara-t-il. La meilleure cachette était logiquement... Oh! Oh! Oh!

— Oh! Oh! Oh! quoi? demanda Peter. Qu'est-ce que tu as en tête, Babal?

— Spike nous explique tout, mes amis! Ou, plutôt, il expliquait tout à Gulliver! Mais oui! Dans sa lettre! Relisez-la!»

Le chef des Détectives tendait la missive à ses deux lieutenants.

«Voyez un peu ce qu'il dit! reprit-il : "Je peux encore tenir cinq jours, ou trois semaines, ou même deux mois." Prenez ces chiffres et alignez-les. Cela donne 532. Ce nombre ne vous rappelle-t-il rien?

— Mais c'est le numéro de la maison de Mme Miller! s'écria Bob. 532, Danville Street!

— Tout juste! acquiesça Hannibal. Et voyez la suite. Spike dit à Gulliver : «Si jamais tu vas à Chicago, va donc voir mon cousin Danny Street.»

— Danny pourrait être la contraction de Danville! s'exclama Peter à son tour.

— Hé oui! dit Hannibal. En mentionnant au passage que ce «cousin» habite Chicago, Spike empêchait la censure de trop remarquer les mots Danny Street. Aussi clairement qu'il pouvait, Spike avertissait Gulliver que l'argent était caché au numéro 532 de Danville Street.

— Sous le papier peint! clama Bob, de plus en plus surexcité. Il n'a pas osé en dire plus long par écrit mais il a suggéré le reste en collant un timbre sur un autre!

— Voilà l'énigme résolue!» conclut Peter, tout joyeux.

Et puis, il se rembrunit.

« Mais maintenant, comment allons-nous récupérer cet argent?

— C'est vrai! soupira Bob. Si les billets sont vraiment sous le papier peint de quelqu'un, nous ne pouvons entrer chez cette personne en disant simplement : « Veuillez nous excuser! Nous allons arracher votre tapisserie!»

— Bien sûr que non, admit Hannibal. Cela, c'est l'affaire de la police. Nous devons absolument mettre le chef Reynolds au courant de ce que nous avons découvert. Inutile de téléphoner de nouveau au lieutenant Carter. Il nous a fait comprendre qu'il nous considérait comme des importuns. Mais demain, ou lundi, quand le chef sera de retour... »

La sonnerie du téléphone le fit sursauter. Le gros garçon se hâta de décrocher.

« Ici les Trois jeunes détectives! annonça-t-il. Hannibal Jones à l'appareil! J'écoute.

— Parfait! répondit une voix masculine pleine d'autorité. Ici George Grant!»

Hannibal fronça les sourcils. Ce nom ne lui était pas familier.

« George Grant? répéta-t-il.

— Oui. Le chef de la police Reynolds vous a prévenus que je l'avais contacté, n'est-ce pas?

— Ma foi, non! dit le chef des Détectives,

intrigué. Il ne m'a jamais parlé de vous, monsieur Grant.

— Il a dû oublier! grommela son interlocuteur. C'est lui qui m'a donné votre numéro de téléphone. Je suis l'un des détectives attachés à la Compagnie de Protection des Banques. Je vous tiens à l'œil depuis le jour où j'ai appris par les journaux que vous aviez racheté la malle du Grand Gulliver à une vente aux enchères. Et...

— Oui, monsieur?» demanda Hannibal, soudain mal à l'aise.

La pause marquée par son correspondant lui semblait contenir une vague menace. Il ne se trompait pas.

«Et... je dois vous prévenir, jeunes détectives, que trois des pires truands de la Californie se sont attachés à vos pas. Ils vous guettent jour et nuit!»

Chapitre 13

Des nouvelles alarmantes

« Ils... ils nous guettent ? » prononça Hannibal d'une voix légèrement tremblante

Peter et Bob, qui suivaient la conversation grâce à l'amplificateur, ne purent s'empêcher de frissonner.

« Hé oui ! Et non seulement ils vous guettent, mais encore ils vous suivent à la trace. Voici leurs noms : Munger dit Nez-Tordu, Benson le Gosse et Léo le Poignard. Tous ont fait de la prison en même temps que Spike Neely. Ils espèrent que vous les conduirez à l'argent que Spike a caché avant d'être arrêté.

— Nous... nous n'avons vu personne en train de nous épier, monsieur Grant.

— Bien sûr que non ! Ces hommes sont des professionnels. Ils ont loué une maison au bas de la route, pas très loin de votre bric-à-brac, et ils vous surveillent à l'aide de jumelles. Quand vous sortez, ils vous prennent en filature.

— Nous allons en informer la police», déclara Hannibal, soudain très alarmé.

Bob et Peter, qui n'avaient pas perdu un mot du dialogue, l'encouragèrent dans cette idée par des hochements de tête vigoureux.

«J'ai déjà prévenu moi-même le chef Reynolds, dit M. Grant. Il a bien proposé de les faire partir, mais il ne peut pas vraiment les arrêter. Le fait d'épier vos allées et venues ne peut être légalement sanctionné. Jusqu'ici, ces malfrats n'ont rien tenté contre vous... du moins, pas encore.»

Le malaise d'Hannibal s'accentua.

«Le chef Reynolds nous avait bien dit que certains criminels penseraient que nous savions où l'argent était caché, soupira-t-il. Ce doit être pour cela que ces bandits nous pistent. Pour voir si nous les mènerons à la cachette... comme vous le suggériez tout à l'heure, monsieur!

— Aussi n'essayez pas de dénicher l'argent vous-mêmes, jeunes gens! conseilla M. Grant. Inutile de vous dire ce que Nez-Tordu et ses complices pourraient tenter alors! Mais s'il vous arrive de découvrir un indice, n'hésitez pas à le faire savoir à la police.

— Nous n'en avions pas... commença Hannibal.

— Est-ce à dire que vous en possédez maintenant?

— Eh bien... oui, admit Hannibal. Nous venons tout juste d'en trouver un... particulièrement révélateur!

— Bon travail, Détectives! lança M. Grant avec cordialité. Courez vite mettre le chef Reynolds au courant. Je vous retrouve là-bas. Nous tiendrons tous ensemble une conférence et...

Ah! mais non! Ça ne marche pas! Je me rappelle tout à coup que Reynolds est absent pour la journée!

— En effet, dit Hannibal. Nous avons essayé de lui téléphoner. Le lieutenant Carter le remplace et ne veut même pas nous écouter!

— Et même si vous alliez le trouver et qu'il vous écoute, parions qu'il s'attribuerait tout le mérite de l'histoire et vous empêcherait de recevoir la récompense.

— La récompense?» répéta le chef des Détectives.

Derrière son dos, Bob et Peter échangèrent des regards joyeux.

«Mais oui! reprit M. Grant. La Compagnie de Protection des Banques offre une prime de dix pour cent à quiconque désignera la cachette de l'argent volé. C'est donc cinq mille dollars que vous pouvez recevoir en échange d'une information valable. Et cela, dès que le magot aura été récupéré!

— Cinq mille dollars! chuchota Peter. C'est ça qui serait chouette... Babal! Demande-lui ce qu'il faut faire au juste pour les gagner!

— J'ai une idée, continua Grant. Si vous communiquez directement votre indice à ma Compagnie, les choses iront plus vite. Elle le transmettra à la police et vous serez les premiers en ligne pour la récompense. Pas d'intermédiaire, vous comprenez! Vos informations seront enregistrées sur-le-champ et vous aurez la priorité au cas où quelqu'un d'autre nous apporterait un renseignement. Voyons, je pourrais passer vous voir et... Non! L'idée ne vaut rien.

— Pourquoi, monsieur Grant?

— Eh bien, si les truands me voient, il est probable qu'ils me reconnaîtront. Peut-être alors tenteront-ils quelque action désespérée. J'ai autre chose à vous proposer. Venez donc me rejoindre secrètement. Je suis en ville!»

Hannibal réfléchit et soupira :

«Je ne peux pas quitter l'entrepôt en ce moment, expliqua-t-il. J'en ai la responsabilité. Mon oncle et ma tante ne rentreront pas avant une heure ou deux.

— Hum! Je comprends!»

M. Grant demeura silencieux un moment.

«Ecoutez! Avez-vous la possibilité de vous échapper plus tard dans la soirée, après la fermeture? Avec vos deux amis, vous pourriez me rencontrer quelque part. Mais il faudra vous débrouiller pour que Nez-Tordu et ses complices ne vous voient pas.

— D'accord, monsieur, déclara Hannibal. Je peux faire ça. Mais Bob et Peter doivent auparavant rentrer chez eux pour dîner. Pensez-vous que ces truands les filent?

— J'en doute. C'est à vous que s'intéressent avant tout ces gredins. Vous êtes certain de pouvoir partir sans qu'ils vous remarquent?

— Tout à fait certain, monsieur.»

Hannibal songeait à la Porte Rouge, une issue secrète que les Détectives avaient pratiquée dans la palissade clôturant l'entrepôt.

«Je vous préviens, ajouta-t-il, que je ne pourrai venir qu'assez tard. Aujourd'hui, samedi, nous fermons seulement à sept heures.

— Peu importe. Est-ce que huit heures vous convient?

— Oui, entendu.

— Je propose que nous nous rencontrions au

jardin public... au Parc de l'Océan. Je serai assis sur un banc, près de l'entrée est, et je lirai un journal. Je suis vêtu d'un complet sport marron. Un conseil : venez tous les trois séparément, après vous être bien assurés que personne ne vous suit.

— Oui, monsieur. Comptez sur nous.

— Et ne dites rien à personne avant de m'avoir rencontré. Il est de la plus haute importance que rien ne filtre avant que j'aie recueilli votre rapport en détail. Apportez-moi ce que vous avez comme indices. Compris ?

— Parfaitement, monsieur Grant.

— Alors, à ce soir, huit heures ! »

Dès qu'Hannibal eut raccroché, Peter laissa exploser sa joie :

« Vous avez entendu ! Cinq mille dollars de récompense ! Mais tu n'as pas l'air emballé, Hannibal. Qu'est-ce que tu as ?

— Nous n'avons pas encore retrouvé l'argent.

— Mais nous sommes sur le point de le faire. Ou plutôt, c'est la police qui s'en chargera, quand M. Grant lui aura passé nos informations. Peut-être le chef Reynolds nous permettra-t-il d'assister aux recherches ! C'est ça qui serait chic !

— Le lieutenant Carter est bien capable de se mettre en travers, dit Bob.

— En tout cas, soupira le chef des Détectives, il est bien fâcheux que Reynolds soit absent aujourd'hui. J'aurais tant aimé lui parler pour le mettre au courant ! Enfin ! S'il connaît M. Grant.. »

Un appel, lancé d'une voix forte, l'interrompit.

« Hannibal ! Des clients ont besoin de monnaie !

— C'est Konrad ! soupira le gros garçon. Il faut bien que je m'occupe du commerce. Après tout, je suis de service... Bob ! Peter ! Je vous charge de tout remettre en ordre dans la malle et d'y replacer Socrate.

— Flûte ! lança Bob après un regard à sa montre. Il faut que je fasse un saut jusqu'à la bibliothèque avant qu'elle ne ferme, Babal ! En quittant mon travail là-bas, j'ai oublié mon blouson. Quand je l'aurai récupéré, je n'aurai que le temps de rentrer à la maison.

— Ça va ! trancha Peter. Je m'occuperai seul de la malle. Et puis, je rentrerai à la maison moi aussi. Prochain rendez-vous au parc, à huit heures. D'accord ?

— Entendu, mon vieux », répondit Hannibal.

Les Trois jeunes détectives quittèrent leur Q.G, et se séparèrent. Peter s'approcha sans le moindre enthousiasme de la malle et de Socrate.

« Alors ! lança-t-il à la tête de mort sur un ton plein de défi. Alors ? Qu'as-tu à dire, à présent que nous avons trouvé l'indice ? »

Socrate continua à sourire de toutes ses dents mais resta silencieux.

Chapitre 14

Bob lance une bombe

Impatient de transmettre au plus tôt à ses amis les nouvelles informations qu'il avait glanées, Bob pédalait avec vigueur, à travers les rues de Rocky, en direction du Parc de l'Océan.

Le rendez-vous avec Grant était fixé à huit heures et le jeune garçon avait du retard. Après dîner, il avait pris le temps de compulser une pile de vieux journaux, dans le garage. Il avait trouvé l'article qu'il cherchait et, maintenant, essayait de rattraper le temps perdu.

Toutefois, après avoir franchi l'entrée est du parc, il s'aperçut que Peter et Hannibal l'avaient devancé. Tous deux, assis sur un banc, tenaient grande conversation avec un homme jeune et de bonne mine. Bob s'arrêta juste devant eux, dans un horrible grincement de freins.

« Navré d'être en retard ! dit-il au trio. Mais j'ai cherché un renseignement...

— Voici sans doute Bob Andy ! coupa le

jeune homme en souriant. Je suis George Grant. »

Il serra la main de Bob, puis lui tendit son portefeuille ouvert où un carton gravé portait mention de son identité et de ses fonctions.

« Voici mes papiers ! dit-il. Autant faire les choses dans les règles. »

Bob hocha la tête et M. Grant remit son portefeuille dans sa poche.

« Hannibal... » commença Bob.

Mais son chef l'interrompit.

« Nous venons juste, dit-il, d'expliquer à M. Grant ce que la lettre de Spike nous a appris : l'argent volé se trouve à coup sûr entre le mur et le papier peint du rez-de-chaussée, dans l'ancien pavillon de Mme Miller.

— On peut dire que vous avez fait de l'excellente besogne ! s'écria M. Grant avec admiration. La Compagnie de Protection des Banques sera certainement heureuse de vous remettre la récompense promise. Si les billets ont bien été dissimulés sous la tapisserie, la police ne peut manquer de les trouver quand elle fouillera la maison. Le seul ennui, c'est que cette maison est certainement occupée. Il faudra un tas de formalités avant que les autorités puissent officiellement y pénétrer et procéder à l'enlèvement du papier mural. Je me demande... »

Bob fut incapable de se taire plus longtemps. Il avait une bombe à lancer :

« Justement, monsieur ! explosa-t-il. Si cette maison est encore debout, elle est vide d'occupants... mais elle ne tardera pas à être rasée ! »

Les autres le regardèrent d'un air effaré. Bob se hâta de fournir des éclaircissements.

« Quand je suis retourné à la bibliothèque

pour y prendre le blouson que j'y avais oublié, expliqua-t-il, j'ai entendu une femme se plaindre à la bibliothécaire de la difficulté qu'elle avait eu à trouver un nouveau logement. Elle habitait Maple Street et avait été expulsée. Elle loge à présent à Rocky. Quand elle a été partie, j'ai demandé à la bibliothécaire si elle avait des précisions sur ce qui se passait à Maple Street. Il paraît que les journaux de la semaine dernière relataient l'affaire en long et en large. Je me suis empressé de consulter les archives et j'ai lu l'article en question. Je ne pouvais emporter le journal, bien sûr, mais j'en ai trouvé un exemplaire à la maison. J'ai découpé l'extrait de presse et je vous l'ai apporté. Le voici!»

Bob tendait à Hannibal une feuille pliée en quatre. Le chef des Détectives la déplia et la parcourut. M. Grant et Peter lisaient eux aussi, par-dessus son épaule.

TOUTE UNE RUE DÉMOLIE
NOUVELLE AUTOROUTE EN PERSPECTIVE

Plus de trois cents maisons, dont certaines neuves et confortables, sont aujourd'hui vides et silencieuses, dans l'attente des bulldozers qui les démoliront. Bientôt, ces charmantes demeures ne seront plus qu'un souvenir dans la mémoire de leurs occupants, expulsés et obligés de se reloger. A la place, une voie rapide sera construite.

Les travaux sont entrepris avec l'espoir de faciliter la circulation intensive, qui est une véritable plaie pour Los Angeles. Maple Street ne sera pas la seule rue à être rasée. Les maisons de plusieurs rues voisines disparaîtront elles aussi.

Ce n'est pas de gaieté de cœur que les occupants des demeures condamnées ont dû les quitter pour aller habiter ailleurs. Ce ne sont malheureusement ni les premières ni les dernières victimes d'un programme d'urbanisme accéléré. De nombreuses voies rapides et de nouveaux échangeurs sont encore actuellement à l'étude.

L'article continuait sur le même ton jusqu'au bas de la page. Mais M. Grant en avait assez lu. Il siffota doucement.

« Maple Street! dit-il. Et c'est dans cette rue, n'est-ce pas, Hannibal, que se trouve aujourd'hui la maison jadis habitée par Mme Miller?

— C'est en tout cas ce que m'a déclaré le gérant du nouvel immeuble de Danville Street, répondit Hannibal.

— Et voilà que Maple Street va disparaître de fond en comble! continua M. Grant. Cela change tout, jeunes gens! En ce moment, la maison qui nous intéresse est vide. Autrement dit, nous devons agir sans délai. Songez que Nez-Tordu et les autres sont, comme nous, sur le sentier de la guerre. Comment être sûr qu'ils ne sont pas déjà sur place, à essayer de dénicher le magot?

— Comment cela pourrait-il se faire, monsieur Grant? demanda Peter.

— N'oubliez pas qu'ils vous ont filés hier! Ils vous ont certainement suivis jusqu'au domicile actuel de Mme Miller et ont dû penser que vous lui aviez soutiré d'utiles renseignements. Ensuite, ils vous ont sans doute suivis jusqu'à l'immeuble de rapport, dans Danville Steet.

Là, ils auront vu Hannibal s'entretenir avec le gérant et ils se seront débrouillés pour savoir ce qu'il lui avait dit. De là à déduire que vous pensiez que le magot était dans la maison... Peut-être se sont-ils déjà lancés à sa recherche!

— Mais c'est vrai, ça! s'écria Bob. Peut-être arriverons-nous trop tard!

— En temps ordinaire, déclara M. Grant, je n'hésiterais pas à faire appel à la police. Mais le temps presse. Je crois qu'il nous faut sans délai filer droit à Maple Street, repérer l'ancien pavillon de Mme Miller et essayer de trouver l'argent. Vous pouvez venir avec moi, Détectives! Vous me serez même utiles puisque vous savez à quoi ressemble l'ancienne maison de Mme Miller.

— Tout à fait d'accord, monsieur Grant, opina Hannibal. Mais comment irons-nous là-bas?

— Ma voiture est garée au coin de la rue. Nous la prendrons. Laissez vos vélos ici. Nous les récupérerons plus tard. D'accord?»

En un clin d'œil, Peter et Bob eurent bouclé l'antivol de leurs bicyclettes. Hannibal, lui, était venu à pied, après s'être faufilé hors du bric-à-brac par la Porte Rouge.

M. Grant pilota le trio jusqu'à une longue voiture noire parquée non loin de là. Un instant plus tard, ils filaient vers Hollywood, le long d'une route secondaire qui serpentait entre les collines.

Cependant, M. Grant semblait éprouver quelque inquiétude.

«Vous êtes bien sûr, demanda-t-il à Hannibal, que les billets sont dissimulés sous le papier de la tapisserie?

— Il y a quatre-vingt-dix-neuf chances sur cent qu'il en soit ainsi! assura le chef des Détectives. La sœur de Spike nous a déclaré que, durant son séjour chez elle, il avait occupé son temps à tapisser et à peindre. Il a dû profiter de ce qu'il était seul pour plaquer les billets contre le mur et poser le papier peint par-dessus.

— Ensuite, enchaîna Bob, quand Spike s'est retrouvé à l'hôpital de la prison, il s'est débrouillé pour glisser l'adresse de la maison au magot dans sa lettre. Restait à indiquer à Gulliver l'endroit exact de la cachette. C'est alors qu'il a songé à coller un timbre sur un autre, de couleur verte.

— Papier sur papier, murmura M. Grant. Cela se tient. Si nous repérons l'argent, il nous faudra un minimum de matériel pour décoller la tapisserie. Heureusement que, le samedi, la plupart des magasins ferment tard. Mais avant tout, trouvons la cachette! Et trouvons-la les premiers!»

Il conduisait vite et ne ralentit qu'en pénétrant dans les quartiers résidentiels.

«Nous allons consulter le plan de la ville... J'en ai un dans ma boîte à gants, Hannibal. Attrapez-le!»

Il s'arrêta pour prendre le plan que lui tendait le chef des Détectives. Après l'avoir étudié un instant en silence, il murmura :

«Bien. Il faut continuer tout droit jusqu'à Houston Avenue, puis traverser celle-ci. Nous tomberons alors juste dans Maple Street. Allons-y!»

Le crépuscule cédait déjà la place à la nuit quand ils débouchèrent enfin dans la rue qui les intéressait. Ils retinrent leur souffle. Déjà, une partie des maisons qui la bordaient étaient réduites à l'état de ruines.

Deux énormes grues étaient ancrées non loin de là, toutes prêtes à arracher, entre leurs puissantes mâchoires, les bungalows de bois encore debout. On apercevait aussi, comme des bêtes de proie en attente, de monstrueux bulldozers. Un bâtiment, qui avait été un restaurant, se dressait à un coin de rue. On aurait dit qu'il avait subi un bombardement.

Peter exprima tout haut ce que ses compagnons pensaient tout bas :

« Nom d'un pétard ! Presque tout est en l'air. Ne sommes-nous pas arrivés trop tard, monsieur Grant ?

— Espérons que non. D'après ce que le gérant de l'immeuble de Danville Street a dit à Hannibal, le pavillon que nous cherchons se trouverait non loin de Granville Street, qui coupe Maple Street quelque deux cents mètres plus loin, sur notre droite. Allons voir. »

Cahotant entre les maisons démolies, la voiture noire poursuivit sa route pour atteindre bientôt un îlot composé de pavillons encore debout mais vides, obscurs et silencieux. Aucun signe de vie alentour.

Les autres rues de la cité bourdonnaient non loin de là. Mais ici, à Maple Street, flottait une atmosphère étrange. On eût dit un quartier pestiféré, dont les habitants avaient fui. Dans quelques mois, la voie urbaine serait remplacée par une piste de béton sur laquelle rouleraient à grand fracas des milliers et des milliers de véhicules.

En attendant, les quatre détectives avaient la rue pour eux tout seuls, si l'on exceptait la présence d'un chat famélique à la recherche de poubelles disparues.

« Nous approchons ! annonça M. Grant avec satisfaction. Et ce coin est encore intact ! Ouvrez l'œil et tâchez de repérer le pavillon qui nous intéresse. »

Ils roulèrent lentement entre les maisons silencieuses. De loin en loin, on apercevait une porte béante, comme pour signaler que peu importait désormais que la demeure fût ouverte ou fermée.

« Nous venons de dépasser l'angle de Danville Street, annonça de nouveau M. Grant. Voyez-vous la maison ? »

Au même instant, Peter poussa un cri de joie :

« La voilà ! »

Et il désignait du doigt un coquet pavillon tout proche. Mais, déjà, Hannibal en montrait un autre, tout à côté :

« N'est-ce pas plutôt celle-là ? Toutes deux se ressemblent terriblement, avec leur mansarde agrémentée d'un œil-de-bœuf et leur décoration de galets bruns !

— Deux maisons semblables ! grommela M. Grant en fronçant les sourcils. Et vous ignorez quelle est celle qui renferme le trésor ?

— La description fournie par Mme Miller peut également s'appliquer aux deux, avoua Hannibal avec consternation.

— Ce type de maison a l'air courant dans le coin, constata M. Grant en se rembrunissant de plus en plus. En voici une troisième ! »

Effectivement, blotti entre deux constructions plus hautes, un troisième pavillon décoré de galets bruns et pourvu d'un œil-de-bœuf, semblait les contempler de son œil rond, comme pour se moquer d'eux.

M. Grant arrêta sa voiture.

« Trois possibilités ! déclara-t-il. Voilà qui complique notre problème ! Une seule consolation : il semble que nous soyons les premiers sur les lieux. Je ne vois aucune autre voiture garée dans les parages, aucune trace de Nez-Tordu et de ses acolytes. Je vais parquer la voiture dans un coin sombre pour éviter qu'on la remarque. Et puis nous nous mettrons au travail. Il faut explorer ces trois maisons, pour savoir quelle est la bonne ! »

Chapitre 15

Haut les mains!

Quand le petit groupe des détectives s'approcha du premier des pavillons décorés de galets bruns, il faisait déjà nuit. M. Grant inspecta la rue d'un bref coup d'œil. Personne en vue. Tout n'était qu'obscurité et silence

Il essaya d'ouvrir la porte. Elle résista.

« Fermée ! annonça-t-il. Mais comme cette maison est destinée à être jetée bas, nous n'avons pas besoin d'être très scrupuleux quant à la manière d'y entrer. »

Comme s'il avait prévu le cas, le jeune homme s'était muni d'une tige d'acier prise dans sa voiture. Il l'inséra dans la rainure, près de la serrure, et exerça une forte pression. On entendit le bois craquer. La porte céda.

M. Grant entra, les Trois jeunes détectives sur les talons. A l'intérieur, tout était sombre. Il alluma une lampe de poche et en projeta le faisceau autour de lui. Ils se trouvaient dans une pièce poussiéreuse, au plancher jonché de vagues papiers : sans doute la salle de séjour.

« Autant commencer par là ! décida le représentant de la Compagnie de Protection. Vous avez un canif, Hannibal ? »

Hannibal sortit de sa poche son précieux couteau multiservices et ouvrit la grande lame. Avec précaution, il fendit le papier à fleurs, sur le mur le plus proche. M. Grant inséra le bord d'un couteau à mastic dans la fente et souleva un lambeau de la tapisserie. Dessous n'apparut que le plâtre !

« Rien ici ! déclara-t-il. Il nous faut, bien entendu, faire des essais à plusieurs endroits sur ce mur, puis sur les autres murs. Et si nous ne trouvons rien, nous passerons aux pièces suivantes. »

Lui et Hannibal se mirent à l'œuvre. Ils travaillaient vite et avec précision. Mais, partout, ils ne trouvèrent que le plâtre.

« L'argent n'est pas dans cette pièce, dit finalement M. Grant. Essayons la salle à manger ! »

Précédé par le faisceau lumineux de la lampe, le petit groupe passa dans la pièce contiguë. Relevant Hannibal, Bob fit une fente dans la tapisserie. M. Grant souleva le papier. Et Peter poussa un cri :

« Il y a quelque chose de vert dessous !

— Hannibal, éclairez-moi ! pria M. Grant. Je crois que nous avons découvert le magot. »

Le chef des Détectives s'empressa d'approcher la lampe. Sa lumière révéla un papier vert.

« Ce n'est qu'une autre couche de papier peint ! soupira M. Grant. Jetons un coup d'œil dessous ! »

Mais dessous, une fois encore, ils ne trouvèrent que le plâtre.

Quand ils en eurent fini avec la salle à manger, ils attaquèrent la première des chambres à coucher. Là, également, le résultat fut négatif. L'examen de la seconde chambre fut aussi décevant. La salle de bain et la cuisine avaient des murs laqués. Hannibal poussa la conscience jusqu'à grimper à une étroite échelle donnant accès à la mansarde : celle-ci n'était pas tapissée.

M. Grant, dont la voix trahissait la déception, essuya quelques gouttes de sueur qui perlaient à son front.

« Rien dans ce pavillon-ci ! résuma-t-il. Voyons celui d'à côté. »

Ils sortirent pour retrouver les ténèbres. A cette heure, seules les lumières de la rue brillaient. Les maisons étaient noires comme de l'encre et presque fantomatiques. A la suite de M. Grant, les trois garçons s'approchèrent du deuxième pavillon. Cette fois, la porte était ouverte.

A l'intérieur, la disposition des pièces était la même. Mais les papiers peints semblaient plus neufs.

« Qui sait ! Nous aurons peut-être plus de chances ici ! Fendez le papier, Hannibal ! »

Hannibal s'exécuta, M. Grant souleva la tapisserie... et ne trouva rien dessous. Sans se décourager, le petit groupe inspecta les autres pièces. En pure perte. Et le temps passait !

« Il ne nous reste plus qu'une maison à visiter, soupira M. Grant d'une voix rauque. Allons-y ! »

Ils se dirigèrent vers le troisième pavillon répondant à la description faite par Mme Miller. Comme M. Grant se préparait à forcer la porte fermée, Hannibal crut bon de l'éclairer avec sa torche. La plaque métallique portant le numéro de la maison brilla sous l'effet de la lumière.

« Eteignez ! ordonna M. Grant sèchement. Inutile d'attirer l'attention !

— J'ai eu le temps de remarquer quelque chose, monsieur, répondit Hannibal. Je crois que ce pavillon est bien celui qu'habitait autrefois Mme Miller.

— Comment le sais-tu, Babal ? » demanda Bob dans un murmure.

L'atmosphère de la rue était tellement étrange qu'il semblait naturel de n'y parler qu'en chuchotant.

« Oui. Comment pouvez-vous le savoir ? répéta M. Grant.

— Cette maison porte le numéro 671, expliqua Hannibal. Son nouveau numéro ! L'ancien, Celui de Danville Street, a été effacé, mais on devine encore les chiffres sous la peinture.

— Vraiment ? Voyons ! Eclairez encore, mais très brièvement. »

Hannibal obéit. Dans le faisceau de sa torche, le numéro ancien apparut, comme en transparence, mais encore visible.

« Le numéro 532 ! s'exclama Peter. Et on peut dire... le bon numéro !

— Bon travail, Hannibal ! lança M. Grant. Désormais, nous saurons que nous ne travaillons pas pour des prunes. Entrons vite et trouvons cet argent ! »

La porte céda dans un craquement. Tous se précipitèrent dans la salle de séjour. La victoire était proche. Là, à quelques pas d'eux, cinquante mille dollars les attendaient, cachés sous le papier mural.

« Eclairez bien, Hannibal ! » demanda M. Grant.

La lumière de la torche fit le tour des quatre

murs : la pièce était tapissée d'un papier en relief, très épais.

« Les billets sont certainement ici, dit M. Grant. On n'aurait pu choisir mieux, comme papier, pour dissimuler dessous des billets de banque. Au travail, jeunes gens ! »

Hannibal se hâta de fendre l'épais papier et M. Grant de le soulever. Dessous, ils n'aperçurent que le plâtre.

« Partons de ce coin, là-bas, et procédons par ordre, en faisant le tour de la pièce, conseilla le jeune homme. Il est évident que cinquante mille dollars en gros billets n'occupent pas en totalité la surface d'un mur. Dépêchons-nous ! »

Alors que Grant et Hannibal avaient examiné le mur de gauche et s'apprêtaient à passer au suivant, éclairés par Peter et Bob, un bruit soudain les fit sursauter.

« Qu'est-ce... ? » commença M. Grant.

Il n'eut jamais le loisir d'achever sa phrase. La porte d'entrée s'ouvrit sous une poussée brutale. Des pas pesants ébranlèrent le sol. La lumière d'une énorme lampe électrique vint éblouir le petit groupe. Et, de derrière cette lampe s'éleva une méchante voix, à l'accent canaille, qui ordonna :

« Tenez-vous tranquilles, vous tous, tant que vous êtes ! Haut les mains ! »

Chapitre 16

Où est l'argent ?

Grant et ses jeunes compagnons obéirent. Clignant les yeux sous la lumière impitoyable, ils levèrent les mains comme on le leur ordonnait. Il leur était, bien entendu, impossible de voir ceux qui se trouvaient dans la zone d'ombre derrière la puissante lampe.

« Si vous êtes des policiers, commença M. Grant d'une voix calme, je vous signale que je suis George Grant, attaché à la Compagnie de Prot... »

Un éclat de rire lui coupa la parole.

« George Grant ! Elle est bien bonne. C'est l'histoire que tu as racontée à ces gosses ? »

Hannibal pinça les lèvres. Une subite illumination le pénétrait.

« N'est-ce pas là M. Grant, détective de la Compagnie de Protection des Banques ? demanda-t-il.

— Ce type-là ? »

Le rire s'éleva de nouveau, plus bruyant encore que précédemment.

« Ha, ha, ha ! Lui ? fit une voix éraillée. C'est

Simpson le Malin, un des plus habiles escrocs que je connaisse !

— Mais il nous a montré ses papiers ! s'écria Peter.

— Sûr qu'il doit en avoir. Bien en règle. Imprimés spécialement pour lui ! Et de toute sorte, encore ! Ne soyez pas trop dépités s'il s'est moqué de vous. Il s'est joué de la police elle-même, des tas de fois ! »

L'homme, toujours invisible, cessa de rire pour interpeller directement le faux Grant.

« Tu espérais nous faucher l'argent sous le nez, pas vrai, monsieur le Malin ? Mais quand ce gros garçon est entré dans l'entrepôt et n'en est pas ressorti, même après la fermeture, nous avons flairé quelque chose. Nous savions que le pavillon qui nous intéressait devait se trouver quelque part par ici. Nous avions confessé ce même gérant d'immeuble que le petit Jones avait déjà interviewé. Alors, nous avons rappliqué ici en vitesse. Nous avons aperçu votre lumière quand vous êtes entrés. Et maintenant, nous voici sur place, prêts à prendre votre relais. »

La voix de Simpson le Malin, alias George Grant, s'éleva, toujours aussi calme :

« Tu es Nez-Tordu, n'est-ce pas ? Alors, écoute ! Pourquoi ne pas nous associer ? Nous n'avons pas encore trouvé l'argent et je peux vous aider...

— La ferme ! lança l'homme à la lampe d'une voix rude. Nous sommes assez grands pour trouver le magot nous-mêmes. Toi, on t'abandonnera aux policiers. Ça t'apprendra à vouloir nous doubler ! A présent, tournez-vous tous, face au mur. Les mains derrière le dos. Et n'essayez pas de résister. Vous le regretteriez. »

Et, s'adressant à ses complices :

« Le Gosse ! Léo ! Allez chercher les cordes ! Nous allons les attacher solidement. »

Le cœur gros, les Trois jeunes détectives furent bien obligés de se soumettre. Ils comprenaient — trop tard, hélas ! — que l'intelligent criminel Simpson, dit le Malin, les avait trompés sur toute la ligne. La façon dont il avait parlé du chef Reynolds avait endormi les soupçons qu'ils auraient pu avoir autrement. Sans doute l'habile escroc avait-il appris l'absence du chef de la police. Grâce à quoi, hardiment, il avait pris contact avec les trois garçons et réussi à leur soutirer les renseignements dont ils disposaient. Et avec quelle adresse il avait trouvé des prétextes pour ne pas alerter les autorités !

Tout bas, Hannibal se traitait d'imbécile pour n'avoir rien soupçonné. L'histoire débitée par le faux Grant lui avait paru tellement plausible ! Comme le « Malin » méritait bien son sobriquet !

Mentalement, Hannibal reconstituait toute l'affaire. Le faux Grant avait dû apprendre l'histoire de la malle par les journaux. Connaissant par ailleurs le vol des billets non retrouvés et l'existence d'une lettre écrite par Spike (ces sortes de choses circulent de bouche à oreille dans le milieu des truands), il s'était mis à surveiller à la fois les Détectives et Nez-Tordu. Quant au numéro de téléphone d'Hannibal, ne figurait-il pas dans l'annuaire ?

Oui, c'était ainsi que tout s'était passé. Nez-Tordu et ses complices pistaient les Trois jeunes détectives, et Simpson le Malin les filait tous !

Mais à quoi servaient les regrets? Déjà des mains, aussi rudes qu'habiles, liaient celles des trois garçons derrière leur dos.

Un instant plus tard, on leur ordonnait de s'asseoir sur le plancher et leurs chevilles étaient entravées. A présent, les Détectives se trouvaient réduits à l'impuissance. Nez-Tordu eut un ricanement.

« Quelle jolie brochette ! dit-il avec ironie. Estimez-vous heureux qu'on ne vous bâillonne pas ! Vous pouvez vous égosiller si cela vous chante. Personne ne vous entendra. Mais je ne vous conseille pas de le faire. J'ai horreur du bruit et cela pourrait vous valoir un bon coup sur la tête. Et ne vous faites pas trop de souci. On vous trouvera lundi, quand les démolisseurs reprendront le travail... Enfin... j'espère qu'on vous retrouvera avant que les bulldozers ne défoncent cette maison ! »

Mauvais, son rire éclata de nouveau. A présent, Hannibal et ses compagnons pouvaient voir que Nez-Tordu était un homme puissamment bâti. Ses acolytes étaient moins costauds. On distinguait mal, dans la pénombre, les traits de leurs visages.

« Et maintenant, voyons un peu où nous en sommes ! » dit Nez-Tordu.

La lumière de sa lampe se promena sur le mur qu'Hannibal et le faux Grant avaient déjà exploré.

« Tiens, tiens ! Vous cherchiez l'argent sous la tapisserie, pas vrai ? Excellente cachette... je n'y aurais jamais pensé, moi ! Est-ce le gros garçon ou toi qui a eu cette idée, le Malin ?

— C'est lui, avoua Simpson le Malin. L'indice était dissimulé dans cette lettre que

Spike a envoyée à Gulliver... au fond de la malle.

— Je me doutais bien que l'on trouverait la clé de l'énigme dans cette malle, s'écria NezTordu. C'est même pour cela que nous étions si désireux de l'avoir! Nous avons réussi une fois à nous en emparer... en la volant à ce type dont nous avons fait valdinguer la voiture. Mais ensuite, nous avons manqué de pot! Des inconnus nous ont suivis, puis nous ont sauté dessus, et nous ont repris cette maudite malle, avant que nous ayons eu le temps de l'ouvrir. C'est toi qui avais organisé le coup, Simpson?

— Non, ce n'est pas moi, assura l'homme assis sur le plancher. Je n'étais même pas au courant.

— Curieux, marmonna Nez-Tordu. Je me demande qui ça peut être. Certainement pas ces trois gosses!

— Nos assaillants étaient quatre ou cinq, rappela l'un des acolytes du bandit, et des foulards leur cachaient le visage. Ils ont été rapides. Et quelle poigne! Ils nous ont sauté dessus et ont repris cette malle avant que nous ayons eu le temps de dire ouf!

— Je me demande qui c'était! répéta NezTordu. Peut-être les gars d'une autre bande, qui ont entendu parler de l'argent volé! En tout cas, cette malle ne leur a pas porté chance. Autrement, ils seraient déjà passés par ici! Mais assez de parlotes comme ça! Dépêchons nous de regarder sous la tapisserie de cette bicoque!»

Les quatre captifs, toujours assis sur le plancher poussiéreux, ne purent qu'assister passivement aux recherches des bandits. Tout en rageant de se trouver en si fâcheuse posture, Hannibal continuait à se poser des questions. Qui avait repris à Nez-Tordu et à ses comparses la malle de Gulliver, pour la lui renvoyer, à lui, Hannibal ? Il ne trouvait pas de réponse satisfaisante.

Cependant, l'exploration des murs ne donnait aucun résultat. Nez-Tordu bougonna :

« Rien dans cette pièce ! Dis donc, le Malin, si tu sais dans quelle pièce il faut chercher, crache le morceau. En échange, une fois en possession du magot, nous aurons la gentillesse de te détacher avant de partir.

— Ne sois pas idiot ! rétorqua Simpson. Si je l'avais su, je serais allé tout droit à la cachette, tu ne crois pas ! Mais détache-moi et je t'aiderai à la trouver.

— Ne compte pas là-dessus, mon vieux, répondit Nez-Tordu. Tu as voulu te servir sans nous. A présent, il faut payer. Allons, les gars ! Essayons les autres pièces ! »

Les trois bandits se dirigèrent vers la première des chambres à coucher et disparurent, laissant leurs prisonniers dans l'obscurité. Les Trois jeunes détectives les entendirent déchirer la tapisserie et jurer tout fort en ne trouvant pas ce qu'ils cherchaient.

Soudain, Simpson parla à voix basse :

« Jeunes gens, dit-il. Je suis navré de ce qui arrive. J'avoue m'être servi de vous, mais je répugne à la moindre violence. Ce n'est pas ma façon de travailler. J'aime mieux employer mes méninges que la force.

— C'est ma faute, avoua Hannibal, l'air malheureux. J'aurais dû vous soupçonner dès le début.

— Ne vous faites pas trop de reproches, mon garçon. J'en ai abusé de plus subtils que vous. »

Un silence suivit, rompu seulement par les grognements des bandits, à l'œuvre dans les pièces du fond. Tout à coup, les quatre captifs se raidirent.

La porte d'entrée venait de s'ouvrir avec un léger craquement.

Ils tendirent l'oreille, tous leurs sens en alerte. La silhouette à peine visible d'un homme de taille moyenne se profila au seuil de la pièce.

« Qui va là ? demanda Simpson d'une voix légère comme un souffle.

— Taisez-vous ! répliqua, encore plus bas, une autre voix. Nous venons à votre secours. Veillez à ce que les bandits ne soupçonnent rien. »

Une autre silhouette se glissa dans la pièce, puis une troisième. D'autres encore suivirent. Dans l'obscurité ambiante, il était difficile de les dénombrer. Les nouveaux venus se déplaçaient dans un silence presque total.

« Camarades ! enjoignit la première voix dans un murmure. Plaquez-vous contre les murs, près de la porte. Quand ces gredins se disposeront à sortir, coiffez-les avec les sacs et ligotez-les ! Pas de couteaux ! Evitons de les blesser si nous pouvons ! »

Un marmonnement étouffé lui répondit : ses compagnons lui indiquaient ainsi qu'ils étaient d'accord.

Hannibal, Bob et Peter attendirent. Après la première surprise, l'espoir se levait en eux. Mais qui pouvaient bien être ceux qui venaient d'entrer ? S'ils avaient appartenu aux forces de la police, ils auraient fait irruption à grand bruit, en brandissant des torches et leurs armes. Etaient-ce véritablement des amis? A moins qu'il ne s'agît d'une bande rivale, à la poursuite, elle aussi, de l'argent?

Maintenant, à l'arrière de la maison, s'élevaient les voix de plus en plus irritées de Nez-Tordu et de ses comparses. Il était évident que toutes leurs recherches étaient demeurées vaines.

Un sourd piétinement indiqua qu'ils revenaient dans la première salle. Nez-Tordu entra le premier, la lumière de sa lampe dirigée vers le sol où étaient toujours assis les quatre prisonniers.

« A nous deux, mon garçon! s'écria le bandit, en s'adressant à Hannibal d'un air menaçant. N'essaie pas de nous mener en bateau. Tu vas nous dire, et vite, où se trouve l'argent! Sinon, gare à toi!»

Chapitre 17

Bataille dans les ténèbres

Soudain, Nez-Tordu fut assailli par plusieurs individus jaillis de l'ombre. L'homme qui se trouvait derrière lui se trouva également attaqué. Le troisième bandit tenta de fuir, mais une partie des agresseurs se lança à sa poursuite et, à en juger par ses cris étouffés, il était évident qu'ils l'avaient rattrapé.

Cependant, dans la salle de séjour, se déroulait une lutte terrible. Nez-Tordu avait perdu sa torche qui, roulant sur le plancher et malmenée par les coups de pieds des combattants, émettait par instants de brèves lueurs.

Ecarquillant les yeux, les Trois jeunes détectives constatèrent qu'un sac avait été jeté sur la tête de Nez-Tordu. Pourtant, le bandit ne s'avouait pas vaincu. Déployant toute sa force, il réussit à se débarrasser de deux de ses assaillants. Mais ceux-ci revinrent en nombre. Il tomba sur le plancher avec un bruit sourd.

Son compagnon dégringola sur lui. Tous deux se mirent à lutter frénétiquement.

« Vite ! lança une voix. Liez-leur les pieds et les mains. Ensuite, bâillonnez-les ! »

La bataille se poursuivit encore un moment, aussi furieuse. Enfin, Nez-Tordu et ses complices furent maîtrisés et ligotés. Ils commençaient â se répandre en féroces injures mais des bâillons eurent vite raison de leurs cris. A présent, les trois bandits gisaient à terre, ficelés comme des saucissons. On n'entendait plus que le bruit de la respiration haletante de leurs vainqueurs.

« Parfait ! dit une voix satisfaite. Attendez-moi dehors. Je vais détacher les garçons. »

Les silhouettes sombres sortirent sans bruit, à l'exception d'une seule. Celle-ci alluma une lampe de poche et en éclaira les Détectives. Après les avoir examinés rapidement, on l'entendit rire tout bas :

« Bon. Pas de dégâts. Aucun des combattants ne vous a piétinés. Maintenant, à vous la liberté ! »

Ayant posé sa lampe sur le sol de façon qu'elle éclairât les garçons sans les éblouir, l'ombre s'approcha d'eux, un couteau à la main. Quand il fut tout près, Bob et Peter aperçurent un homme râblé, porteur d'une énorme moustache : il leur était totalement inconnu. Mais Hannibal, lui, le reconnut sur-le-champ.

« Lonzo ! s'exclama-t-il. Le gitan que j'ai rencontré chez Zelda !

— Exact, jeune homme.

— Mais... comment êtes-vous ici ? demanda le chef des Détectives en se mettant debout et en massant ses poignets dont Lonzo venait de trancher les liens.

— Pas le temps de vous expliquer, répliqua le gitan qui délivra en hâte Bob et Peter. Où est l'autre ?»

Il braqua sa lampe vers le coin où les bandits avaient ficelé Simpson. Mais le Malin avait disparu. Ses cordes traînaient sur le plancher.

« Il a filé ! s'écria Bob. Il a dû travailler tranquillement à libérer ses mains, puis, à la faveur de la bagarre, il s'est éclipsé.

— Il doit être loin maintenant ! dit Lonzo. Peu importe. Nous avons trois truands à livrer à la police. Suivez-moi, jeunes gens ! Zelda désire vous parler !»

Zelda ! La bohémienne diseuse de bonne aventure ! Hannibal se dépêcha de suivre Lonzo dehors, Bob et Peter sur ses talons. Trois vieilles voitures s'alignaient le long du trottoir. Les deux dernières étaient bondées d'hommes : des gitans. Dans la première, une femme attendait.

C'était Zelda. Elle s'était dépouillée de ses vêtements folkloriques, peut-être pour mieux passer inaperçue.

« Les voici sains et saufs, Zelda ! annonça Lonzo. Nez-Tordu et ses complices sont ligotés à l'intérieur du pavillon. L'autre s'est échappé !

— Aucune importance ! déclara Zelda sans se troubler. Montez près de moi, jeunes gens. J'ai à vous parler.»

Les Détectives se serrèrent à ses côtés. Lonzo resta sur le trottoir, attendant.

« Ainsi, nos routes se croisent de nouveau, Hannibal Jones, dit Zelda. C'était écrit dans les étoiles et dans le cristal. Je suis heureuse que nous soyons arrivés à temps !

— Je ne vous en remercierai jamais assez,

affirma gravement le chef des Détectives. Est-ce que vous nous suiviez ?

— Oui, répondit la bohémienne. C'est-à-dire : Lonzo et quelques autres. Et cela depuis que vous étiez venu me voir. Le cristal annonçait un danger. Nous ne voulions pas qu'il vous arrive malheur. Lonzo a donc pris en filature tous ceux qui vous filaient eux-mêmes et, quand vous êtes tous venus ici cette nuit, il nous a appelés en renfort. Mais ne perdons pas de temps. Dites-moi, avez-vous trouvé l'argent ?

— Hélas, non! soupira Hannibal. A ce qu'il semble, il n'est pas dans ce pavillon. Pourtant, j'étais certain que le magot se trouvait quelque part dans la maison de la sœur de Spike. La lettre est positive à ce sujet. C'est ici que Spike a caché l'argent volé.

— Gulliver avait deviné que la missive de Spike contenait un indice relatif à la cachette, expliqua Zelda. Malheureusement, il a été incapable de le découvrir.

— Vous avez donc connu Gulliver ? demanda Hannibal.

— Nous sommes parents, avoua Zelda. D'une manière assez bizarre, d'ailleurs. Je suis anxieuse de faire la preuve de son honnêteté et espérais que vous, dont l'intelligence m'est connue, pourriez résoudre le mystère. Où avez-vous cherché l'argent volé ?

— Sous la tapisserie, répondit Hannibal. Une cachette astucieuse. Mais nous n'avons rien trouvé.

— Et pourquoi avez-vous cherché précisément à cet endroit ?

— Eh bien, Spike savait qu'il ne pouvait s'exprimer clairement par lettre : celle-ci serait forcément censurée. Il a donc eu recours à un stratagème.

— Lequel? demanda Zelda avec un soupçon d'impatience. Allons parlez!»

Ce fut Bob qui se chargea d'expliquer :

«Spike tenta de se faire comprendre à l'aide des timbres collés sur l'enveloppe. Il l'affranchit à l'aide de deux timbres : l'un de deux *cents*, l'autre de quatre. Mais, sous celui de quatre, il en dissimula un troisième, de un *cent :* un timbre vert... couleur des billets de banque. Nous avons...

— Bob! Un instant! cria presque Hannibal.

— Quoi? Qu'y a-t-il? marmonna Bob, surpris.

— Répète ce que tu viens de dire...

— J'ai dit que sous le timbre de quatre *cents*, Spike en dissimula un troi...

— C'est ça! cria encore le chef des Détectives. Voilà l'indice!

— Quel indice? répéta Bob, stupéfait.

— Le véritable indice, celui que nous n'avions pas encore trouvé!» déclara Hannibal dont le visage rond était devenu tout rose d'excitation. «Mademoiselle Zelda, ajouta-t-il en se tournant vers la bohémienne, le timbre de quatre *cents* a quelque chose de spécial. Il a été émis à l'occasion de je ne sais quel salon de l'Agriculture et représente un laboureur en train de défoncer le sol.

— De défoncer le sol! répéta Zelda sans comprendre.

— Et c'est sous cette image représentant un homme en train de creuser le sol que se trouvait dissimulé le timbre vert. Comprenez-vous? Cela signifie que Spike a caché l'argent sous le plancher ! Il espérait que Gulliver devinerait la vérité ! Mais Gulliver n'a pas su résoudre l'énigme. Et nous-mêmes, nous avons compris de travers. Nous avons eu l'idée de chercher sous le papier peint parce que Mme Miller nous avait raconté que son frère avait meublé ses loisirs en retapissant son pavillon. »

Bob, Peter et Zelda étaient suspendus aux lèvres d'Hannibal. Celui-ci hocha la tête d'un air soudain mécontent.

« J'aurais dû penser que des billets de banque sous du papier peint... ce n'était guère possible. Car pour les récupérer on risquait fort de les détériorer. Et comme cela aurait été long ! Tandis qu'en les dissimulant quelque part sous le plancher... »

Zelda lui coupa la parole pour appeler :

« Lonzo ! Va chercher les outils dans l'autre voiture. Nous allons fouiller ce pavillon, toi, moi et ces jeunes gens ! »

Un instant plus tard, sans prêter attention aux trois prisonniers allongés sur le plancher, la petite troupe pénétrait dans la salle de séjour. Après une brève délibération, tous tombèrent d'accord : l'argent ne devait pas se trouver sous le parquet de cette première pièce. Hannibal était d'avis que la cachette se trouvait plutôt dans la chambre d'amis, celle, précisément, que Spike Neely avait occupée durant son séjour chez sa sœur.

Les Trois jeunes détectives et les gitans se rendirent donc dans la petite chambre et s'attaquèrent aux planches couvrant le sol. Dix minutes plus tard, Lonzo, qui en soulevait une, dans un coin, poussa un cri. Peter lui fit écho.

Là, bien visibles dans le faisceau de la lampe

électrique que brandissait Peter, apparaissaient, soigneusement alignées l'une à côté de l'autre, des liasses de billets verts.

« Nous avons défoncé le sol et trouvé la cachette ! s'écria Bob tout joyeux. Hannibal, je te tire mon chapeau ! Tu avais deviné juste !

— J'aurais dû avoir cette idée-là plus tôt, avoua le chef des Détectives.

— Peu importe, jeune homme ! assura Zelda. Vous avez fait du bon travail. Gulliver lui-même n'a jamais imaginé la vérité. L'essentiel, c'est que l'argent soit retrouvé ! Et les criminels capturés. La grenouille a sauté haut et a échappé aux poissons affamés qui la guettaient. »

Elle eut un léger rire.

« C'est vous qui nous aviez envoyé cette mise en garde, mademoiselle Zelda ? demanda Hannibal.

La vieille bohémienne acquiesça allègrement.

« Bien sûr, mon garçon. Mes braves gitans veillaient sur vous, mais je voulais vous stimuler un peu afin que vous vous hâtiez de dénicher cet argent... ce que vous avez réussi à faire, en fin de compte. Maintenant, nous devons nous en aller. En chemin, nous téléphonerons à la police qui mettra un point final à cette affaire. Quant à vous, attendez ici les policiers. Ils se chargeront de mettre l'argent en sûreté et prendront livraison des trois bandits que nous avons faits prisonniers. Bien entendu, les autorités désireront nous poser des questions... mais elles ne nous trouveront pas. Pas encore, du moins...

— Un moment, Zelda ! » pria Hannibal en voyant que la bohémienne et Lonzo se dirigeaient déjà vers la sortie.

La vieille femme se retourna.

« Oui ?

— Avant que vous ne partiez, j'aimerais vous demander quelque chose. La malle de Gulliver... comment nous est-elle revenue ? Et au sujet du crâne parlant... Socrate... parle-t-il vraiment ou...

— Plus tard, plus tard ! promit la bohémienne. Venez me voir à mon ancienne adresse dans deux semaines. Je serai alors de retour. Et je répondrai à vos questions.

— Renseignez-nous au moins au sujet de Gulliver ! insista le chef des Détectives. Où est-il en ce moment ?

— Mais... je le croyais mort ! coupa Peter.

— Je ne vous ai jamais dit qu'il n'était plus de ce monde, répliqua Zelda avec un éclair de malice dans les yeux. Seulement qu'il avait disparu de l'univers des hommes ! A présent, peut-être pourra-t-il retourner à une vie plus normale. Dans deux semaines. N'oubliez pas ! Adieu ! »

Là-dessus, Zelda et Lonzo s'en allèrent. Les Trois jeunes détectives entendirent démarrer les voitures des gitans. Quand le silence retomba, les trois garçons se regardèrent. Bob poussa un soupir de soulagement.

« Ouf ! dit-il. Nous y sommes finalement arrivés, Babal ! Nous avons retrouvé l'argent volé.

— Avec l'aide de Zelda ! fit remarquer Hannibal. Je suis impatient qu'elle me fournisse des éclaircissements. Car il reste encore pas mal de points d'interrogation sans réponse ! »

Chapitre 18

Le mot de toutes les énigmes

Alfred Hitchcock, le célèbre metteur en scène de cinéma, était assis à son bureau. Il achevait de lire avec attention les notes relatives au cas du «crâne parlant», rédigées à son intention par Bob Andy. Quand il eut fini, il regarda les Trois jeunes détectives qui, vêtus de leurs plus beaux habits, attendaient en face de lui.

«Toutes mes félicitations, jeunes gens! dit-il. Hannibal, mon garçon, vous vous êtes joliment bien débrouillé pour retrouver l'argent volé, et cela alors que la police elle-même n'avait pu y parvenir.»

La figure ronde d'Hannibal ne s'éclaira d'aucun sourire.

«Il n'y a pas de quoi tellement me féliciter, monsieur, déclara-t-il tout net. J'aurais dû éclaircir ce cas beaucoup plus tôt. J'ai d'abord cru que la superposition des deux timbres signifiait que les billets de banque étaient cachés sous du papier peint. J'aurais dû réfléchir davantage et chercher un autre sens à cette anomalie. Ensuite, si je n'avais pas eu beaucoup de chance...

— La chance ne sourit qu'à ceux qui ont l'œil ouvert, coupa M. Hitchcock. Je vous l'ai déjà dit. Vous ne pouvez pas toujours trouver la bonne réponse à une question du premier coup. Les détectives le savent. Et, je le répète, je trouve que vous vous êtes fort bien débrouillés tous les trois.

— Merci, monsieur, dit Hannibal soudain épanoui. Il est vrai que nous avons fini par dénicher cet argent.

— Et juste à temps, fit remarquer le metteur en scène. Deux jours plus tard, le pavillon aurait été démoli par les bulldozers et les billets de banque certainement perdus à jamais. Mais, dites-moi, jeunes gens... Vous a-t-on donné une récompense ? »

Hannibal soupira. Peter soupira. Bob soupira.

« Non, monsieur, répondit Bob. En fait, aucune récompense n'avait été promise. Ce n'était qu'une invention de Simpson le Malin... comme du reste tout ce qu'il nous avait raconté. Cependant, nous avons reçu une très aimable lettre du directeur de la banque dévalisée, et le chef de la police Reynolds a déclaré qu'il aimerait que nous soyons en âge de faire partie de ses détectives officiels.

— L'argent n'est pas la seule chose qui récompense un travail bien fait, dit M. Hitchcock. Et maintenant, j'aimerais vous poser quelques questions. Ces notes expliquent très clairement comment Spike Neely dissimula son butin dans une astucieuse cachette, puis comment il se débrouilla pour faire parvenir, de l'hôpital de la prison, un message secret à son ami Gulliver... message tellement secret, d'ailleurs, que personne ne sut le déchiffrer avant vous. »

M. Hitchcock fit une pause et reprit :

« Ce que ne révèlent pas vos notes, c'est ce qu'est devenu Gulliver. Pouvez-vous me le dire ? »

Les Trois jeunes détectives sourirent. Ils s'attendaient à cette question et Hannibal était tout prêt à y répondre.

« Quand il reçut la lettre de Spike Neely, commença le chef des Détectives, Gulliver se douta que son ami essayait de lui transmettre un message. En effet, alors que tous deux se trouvaient en prison, Spike lui avait promis de lui révéler son secret s'il lui arrivait quelque chose. Mais, en dépit de ses efforts, Gulliver ne put déchiffrer le message. Alors, il cacha la lettre dans sa malle.

« Et puis, un jour, comme il venait de rentrer à son hôtel, l'employé de la réception lui apprit que des hommes avaient demandé à le voir. Identifiant Nez-Tordu à la description qu'on lui en fit, Gulliver prit peur. Il savait le bandit fort capable de l'enlever et de chercher à lui faire avouer, par la torture, où se trouvait l'argent volé. Et cela, il l'ignorait. S'il l'avait su, il l'aurait tout de suite révélé aux autorités. En l'occurrence, il ne pouvait faire appel à la police, qui risquait fort de ne pas le croire ! »

M. Hitchcock émit un grognement plein d'intérêt. Hannibal poursuivit :

« Gulliver ne perdit pas de temps. Sans même

remonter à sa chambre, il disparut. Il laissait derrière lui tous ses biens terrestres. Voyant que son client ne revenait pas, le directeur de l'hôtel mit sa malle de côté, puis finit par la vendre aux enchères. C'est alors que je l'achetai.

— Gulliver n'est donc pas mort? s'enquit M. Hitchcock. Pourtant, Zelda la Bohémienne, vous avait affirmé qu'il avait disparu du monde des hommes.

— Et c'est exactement ce qu'il fit, monsieur, assura Hannibal avec un large sourire. Il voulait être bien certain que Nez-Tordu et ses complices seraient incapables de le retrouver. Aussi s'habilla-t-il en femme et se coiffa-t-il d'une perruque. Il devint donc une femme, en apparence tout au moins, et c'est de cette façon qu'il disparut du monde des hommes!

— Ha, ha, ha! Mais bien sûr! s'exclama M. Hitchcock. J'aurais dû deviner le sens caché de la phrase! Maintenant... il me vient une idée. Vous allez me dire si elle est correcte. Est-ce que, par hasard, cette bohémienne, Zelda, ne serait pas le Grand Gulliver en personne?»

Peter et Bob sourirent. Hannibal approuva du chef.

«Exact, monsieur. Les gitans étaient de vieux amis du magicien. En fait, sa propre mère était gitane. Ils l'ont donc fort bien accueilli et lui ont permis de vivre parmi eux. Et, comme les gitans ont l'esprit de clan, Gulliver n'avait pas à craindre d'être trahi. Lui et son secret étaient bien gardés!»

Ce fut au tour de M. Hitchcock de sourire.

«Très bien, dit-il. Voici donc un mystère d'éclairci. Il est évident que Gulliver, qui était plutôt bien en chair, se mit au régime et mincit au point de transformer sa silhouette. Qui aurait pu dès lors se douter que le grassouillet magicien se cachait sous les jupes de la maigre Bohémienne ? Mais au fait, quels sont ses projets ?

— Il ne va pas tarder à renoncer au personnage de Zelda pour redevenir lui-même, annonça Hannibal. Dès que Nez-Tordu et ses comparses seront, pour de bon, sous les verrous ! Il renoncera par la même occasion à son précédent métier. Finie, la magie ! Les gitans, s'étant aperçus qu'il gérait fort bien leurs affaires, lui ont demandé de rester avec eux.

— Je vois ! »

Alfred Hitchcock se remit à compulser les notes de Bob.

« Ah, ah ! dit-il quand il eut trouvé ce qu'il cherchait. Vous rapportez ici que, lorsque Hannibal acheta la malle à la vente aux enchères, une petite vieille, très agitée, le supplia de la lui céder, mais qu'il refusa. Est-ce que, là encore...

— Oui, monsieur. C'était bien Gulliver, habillé en vieille dame, avec une perruque adéquate. Il se doutait que sa malle serait vendue aux enchères et comptait la racheter. Il surveillait donc les ventes mais arriva, bien malgré lui, en retard à celle qui l'intéressait. Il aurait insisté davantage pour racheter son bagage, mais un reporter survint avec son appareil photographique et Gulliver eut peur d'attirer son attention. Par la suite, en lisant les journaux, il apprit qui nous étions et où il pouvait nous trouver.

— Les journaux renseignèrent pareillement Nez-Tordu et ses acolytes, fit remarquer Peter au passage.

— C'est vrai, acquiesça Hannibal. Pour commencer, Nez-Tordu et ses amis essayèrent de voler la malle. Plus tard, ils réussirent à s'en emparer en suivant Maximilien et en provoquant son accident de voiture. Mais ils n'ont guère profité de leur larcin.

— Les gitans?

— Oui, monsieur Hitchcock. Vous comprenez, ainsi que Zelda nous l'a révélé par la suite, les Bohémiens veillaient sur nous. Quand Zelda — enfin, Gulliver — a appris que nous étions détectives et que nous avions déjà élucidé plusieurs mystères, l'idée lui est venue que nous pourrions retrouver l'argent perdu et conduirions la police à l'endroit où Spike l'avait caché. Alors, Gulliver pourrait refaire surface sans plus rien avoir à redouter.

— Je comprends.

— Voilà pourquoi Gulliver-Zelda s'est arrangé pour me rencontrer et me parler de si mystérieuse façon que ma curiosité en fut piquée au vif. Puis, les gitans ont repéré Nez-Tordu et ses complices et se sont attachés à leurs pas. Aussi, quand ces gredins volèrent la malle à Maximilien, une pleine voiturée de Bohémiens se trouvait derrière eux. Les gitans ont suivi les voleurs jusqu'à leur repaire, leur ont sauté dessus et ont emporté la malle avant que les bandits aient eu le temps de réaliser ce qui leur arrivait.

— Et ce sont eux qui vous ont renvoyé la malle?

— Oui, sur l'ordre de Gulliver-Zelda, qui espérait toujours nous voir éclaircir le mystère. En fait, Gulliver savait que c'était seulement en retrouvant l'argent disparu que nous échapperions à Nez-Tordu et aux autres. Les gitans ont donc renforcé leur surveillance, afin de nous porter secours si c'était nécessaire.

— Heureusement pour vous, jeunes gens ! dit M. Hitchcock.

— Certainement, monsieur. Le samedi soir où Simpson le Malin nous a raconté d'aimables mensonges pour nous amener à lui faire retrouver le magot dissimulé dans la maison de Mme Miller, les gitans épiaient les faits et gestes de Nez-Tordu. Ils ne savaient rien de Simpson. Et quand Nez-Tordu et ses copains se sont mis en route, ils les ont suivis. Enfin, en voyant que les bandits nous avaient faits prisonniers, Lonzo a appelé les siens à la rescousse. Le reste de la troupe des gitans est arrivé pour nous sauver et réduire les truands à l'impuissance. Ensuite... eh bien, vous savez déjà comment nous avons retrouvé le butin. »

M. Hitchcock acquiesça de la tête. Par-dessus son bureau, il regarda les Détectives.

« Et maintenant, dit-il, une dernière question. Est-ce que Socrate, le crâne parlant, parle vraiment ? Et si tel est le cas, par quel subterfuge ? Quel est son secret ? Bien entendu, je n'accepte aucune explication surnaturelle.

— Cela va de soi, monsieur, déclara Hannibal. Je veux dire : l'explication n'a rien de mystérieux. La magie des illusionnistes consiste en de simples tours, plus ou moins astucieux. Socrate n'était qu'un de ces tours. Gulliver est un excellent ventriloque. Au début, il se contentait de faire parler Socrate par sa propre voix. Par la suite, le public sut à quoi s'en tenir — ce qui n'était pas difficile — alors il imagina de faire parler « son » compère à distance. Il fit donc l'acquisition d'un minuscule magnétophone et...

— Il l'installa à l'intérieur du crâne? continua M. Hitchcock en fronçant le sourcil. Vous auriez dû y penser dès le début, mon jeune ami. J'aurais cru que vous auriez pris la peine d'examiner cette tête de mort sur toutes les coutures!

— C'est assurément ce que j'ai fait, monsieur, répliqua Hannibal sans se troubler. J'ai examiné Socrate avec la plus grande attention. Mais c'est là que Gulliver a fait preuve d'habileté. Ce n'est pas dans le crâne lui-même qu'il a placé son magnétophone mais à l'intérieur du socle d'ivoire... là où personne n'aurait songé à le chercher!

— Par exemple! s'exclama le metteur en scène. Très, très habile, en vérité. Qui aurait pensé au socle? Mais continuez, s'il vous plaît.

— L'appareil, expliqua Hannibal, était agencé pour fonctionner dans les deux sens. Autrement dit, une fois Socrate sorti de la malle et dressé sur son socle, tout ce que nous disions était transmis à celui qui écoutait. La longueur d'ondes avait une certaine portée.

— Comment les choses se passaient-elles au juste?

— Eh bien, Gulliver, déguisé en femme — mais pas en bohémienne — se mit à rôder discrètement autour du *Paradis de la Brocante* dès qu'il eut appris que la malle se trouvait là. Il portait un petit écouteur dans l'oreille, sous sa perruque, et un petit micro ayant l'aspect d'une broche, sur sa poitrine. La première fois où Socrate s'est manifesté, Gulliver n'avait pas l'intention de nous parler. Mais l'envie d'éternuer lui a pris... et nous avons entendu Socrate éternuer!

— Et ensuite?

— Le soir de ce même jour, lorsque je montai Socrate dans ma chambre, Gulliver se trouvait toujours aux aguets dans les parages.

— Et il a guetté vos lumières jusqu'à ce qu'elles s'éteignent, n'est-ce pas?

— Alors, juste comme je venais de m'endormir, il s'est risqué à m'adresser la parole par l'intermédiaire du crâne... C'était Socrate, semblait-il, qui me conseillait de me rendre à telle adresse... pour rencontrer Zelda.

— Vu.

— Le lendemain matin, Gulliver était toujours à l'écoute quand ma tante Mathilda, désireuse de faire le ménage de ma chambre, avisa Socrate et dit tout fort ce qu'elle pensait de lui. Alors, Gulliver ne put s'empêcher de dire tout haut : « Sottises! »

— Voici donc ce second mystère expliqué! dit M. Hitchcock d'un air satisfait. C'était, chaque fois, le Grand Gulliver en personne qui parlait. L'explication, strictement scientifique, ne laisse aucune place à la superstition.

— En effet, monsieur, approuva le chef des Détectives. Autre chose... Comme nous avions la plupart du temps Socrate auprès de nous lorsque nous discutions de nos affaires, Gulliver pouvait nous entendre et, de la sorte, suivre les développements de notre enquête et avoir connaissance de nos moindres projets.

— Il était donc au courant de tout?

— Du presque tout, oui. C'est grâce à cela d'ailleurs qu'il a pu veiller sur nous et voler à notre secours au bon moment.

— Voilà l'un des cas les plus intéressants que vous ayez jamais eus à débrouiller, jeunes gens, déclara le metteur en scène. Je me demande à quelle sorte de mystère vous vous attaquerez la prochaine fois ?

— Nous l'ignorons encore, monsieur, mais nous gardons les yeux ouverts. Soyez sûr que nous vous avertirons lorsque nous aurons du nouveau ! »

Là-dessus, les Trois jeunes détectives prirent congé. Resté seul, le fameux metteur en scène eut un rire silencieux. Un crâne parlant, en vérité ! Sur quelle énigme tout aussi déconcertante ses jeunes amis tomberaient-ils la fois suivante ?

Table

Quelques mots d'Alfred Hitchcock 5
1. — La malle mystérieuse 7
2. — Curieuse visite 23
3. — Nouveaux mystères...
et belle surprise 33
4. — Socrate 43
5. — Conversation dans l'ombre 49
6. — Zelda la gitane 55
7. — Adieu, Socrate 65
8. — L'ennemi attaque 79
9. — La menace! 87
10. — Hannibal à l'œuvre 99
11. — Désagréable surprise 115
12. — Des indices! 123
13. — Des nouvelles alarmantes 137
14. — Bob lance une bombe 143
15. — Haut les mains! 153
16. — Où est l'argent? 159
17. — Bataille dans les ténèbres 167
18. — Le mot de toutes les énigmes ... 175

SERIE

En avant la lecture !

IMPRIMÉ EN FRANCE PAR BRODARD ET TAUPIN
Usine de La Flèche, 72200.
Dépôt légal Imp : 1876E-5 – Edit : 6121.
20-07-8280-04-8 – ISBN : 2-01-016839-9.
Loi n° 49-956 du 16 juillet 1949 sur les publications destinées à la jeunesse.
Dépôt : janvier 1992.